dtv

Tel Aviv, Anfang der Neunzigerjahre: Helena, Elisabeths Mutter, ist gestorben. Während der Schiwa, der sieben Trauertage, ist Elisabeth wieder in dem kleinen Viertel, in dem sie in den Fünfziger- und Sechzigerjahren aufgewachsen ist, ein Viertel, in dem Überlebende der Schoah versuchten, sich ein neues Leben aufzubauen. Alle Kinder, mit denen sie groß geworden ist, haben wie Elisabeth schon vor Jahren dieses Viertel verlassen. Sie wollten die Ängste und Albträume ihrer Eltern hinter sich lassen, ein normales Leben führen. Nun kommen die Nachbarinnen und Nachbarn von einst zu Besuch, um Helena die letzte Ehre zu erweisen, allen voran die zwei alten Schiwa-Expertinnen Sonia und Genia. Durch die Trauergäste und ihre Erinnerungen wird für Elisabeth noch einmal die versunkene Welt ihrer Kindheit gegenwärtig, mit Müttern und Vätern, die in der israelischen Gesellschaft nie heimisch wurden.

Lizzie Doron, geboren 1953 in Tel Aviv, studierte Linguistik, bevor sie Schriftstellerin wurde. Nach ›Warum bist du nicht vor dem Krieg gekommen?‹, der Liebeserklärung der Autorin an ihre verwitwete Mutter Helena, erschien ihr Roman ›Ruhige Zeiten‹, für den sie mit dem von Yad Vashem vergebenen Buchman-Preis ausgezeichnet wurde. 2007 erhielt sie den Jeanette-Schocken-Preis. In ihren Büchern verwebt Doron persönliche mit fiktionaler Geschichte, Historisches mischt sich mit Privatem. Zuletzt erschienen der Bestseller ›Who the Fuck Is Kafka‹ sowie ›Sweet Occupation‹. Lizzie Doron lebt in Tel Aviv und Berlin.

Lizzie Doron

Es war einmal eine Familie

Aus dem Hebräischen
von Mirjam Pressler

dtv

Von Lizzie Doron sind bei dtv außerdem erschienen:
Das Schweigen meiner Mutter (14254)
Who the Fuck Is Kafka (14484)
Warum bist du nicht vor dem Krieg gekommen? (14545)
Ruhige Zeiten (14574)
Sweet Occupation (26150)

Ausführliche Informationen über unsere Autoren und Bücher
www.dtv.de

2017 dtv Verlagsgesellschaft mbH & Co. KG, München
Die Originalausgabe erschien 2002 unter dem Titel
›Hajta po pa'am mischpacha‹ im Keter Verlag, Jerusalem.
Die deutsche Erstausgabe erschien 2010 im
Jüdischen Verlag/Suhrkamp Verlag.

Umschlaggestaltung: Wildes Blut, Atelier für Gestaltung,
Stephanie Weischer unter Verwendung eines Fotos von gettyimages/Imagno
Gesetzt aus der Fairfield light
Gesamtherstellung: Druckerei C.H.Beck, Nördlingen
Gedruckt auf säurefreiem, chlorfrei gebleichtem Papier
Printed in Germany · ISBN 978-3-423-14602-9

Anfang der Fünfzigerjahre entstand im Staat Israel ein neues Land, das Land »hier«.

In diesem Land lebte ein verfolgtes Volk, das aus dem Land »dort« gekommen war.

Seine Einwohner hatten sich hier nicht aus freien Stücken eingefunden, ihnen war nichts geblieben als eine fremde Sprache, seltsame Bräuche, Erinnerungen und Albträume.

Nachdem das Land dort wüst und leer war, befahlen sie sich selbst ein Schöpfungswerk und erschufen sich von Neuem eine Welt.

Im Land hier lebte auch Helena, meine Mutter, nachdem sie im Zweiten Weltkrieg gestorben war, und hier zog sie mich alleine auf.

Anfang der Neunzigerjahre, nachdem meine Mutter zum zweiten Mal gestorben war, versammelten sich jene, die im Land hier noch übrig geblieben waren, um ihr die letzte Ehre zu erweisen, und erweckten diejenigen wieder zum Leben, die nicht mehr waren.

Und dieses Land, das mit seinen Toten schon seit vielen Jahren dahinstirbt, ist noch einmal auferstanden:

Nur sieben Tage lang war es noch einmal da, das unbekannte Land. Das Land, das mir Heimat und Familie war.

Und das ist seine Geschichte.

1950–1990

Der erste Tag

Herbst 1990

Freitag – in den Nachmittagsstunden

Nach der Beerdigung kehrte ich zurück in die Wohnung meiner Mutter.

Fast ein Jahr lang war niemand mehr hier gewesen.

Seit meine Mutter ins Krankenhaus eingeliefert worden war, war das Eisentor verriegelt, hatte das Licht nicht gebrannt, waren die Fensterläden geschlossen. Trostlos und verlassen war die alte Wohnung mit ihren zwei Zimmern, dem Vorraum, der Küche, dem Badezimmer und dem Balkon.

Als ich die Tür aufmachte, empfing mich der Geruch von Moder.

Auf der Kommode im Vorraum lag eine Schachtel Streichhölzer, und daneben stand, wie immer, ein Seelenlicht, das für einen der Toten meiner Mutter bestimmt war. Ich zündete es an und öffnete die Fensterläden.

Die dunkle Wohnung wurde von blassem Licht erleuchtet.

Beim Licht des Kerzchens entstanden vor mir die Schabbatabende meiner Kindheit: glänzende silberne Kerzenständer, eine weiße Tischdecke und darauf kleine Burgen aus erstarrten Wachstropfen, in der Mitte des alten Tischs ein süßes Schabbatbrot, Rotwein für den Kiddusch, zwei Weingläser, zwei Porzellanteller – und um den Tisch nur eine Mutter und eine Tochter.

Die Zimmer der Wohnung waren erfüllt von meiner Mutter, vom Klang ihrer Stimme, vom Glänzen ihrer braunen Augen, und aus der Küche drang der Duft von Suppe und Kuchen.

Ich erinnerte mich, wie sie freitags die Hände über den Schabbatkerzen ausbreitete, die Lippen zusammenpresste, die Augen schloss und schwieg. So stand sie immer vor dem Kerzenlicht, ohne den Segen zu sprechen und ohne zu beten. Ihre Beine waren schwer und geschwollen, und in ihr Gesicht hatte sich ihr Leid in vielen Falten eingegraben – sie war vor der Zeit gealtert. Nur ihre Hände über den Kerzenflämmchen zeigten, wie schön sie hätte sein können.

Ihre Hände waren zart, glatt und weiß, mit langen, schmalen Fingern, die Hände einer Dame.

Nur ein Finger, der kleine, war steif und verkrümmt.

Warum hat sie so einen Finger?, hatte ich mich gewundert, als ich klein war.

Und sie gefragt: »Mama, wo ist dein kleiner Finger?«

»Er versteckt sich in der Hand«, antwortete sie, und ich musste sehr lachen.

Als ich älter war, wagte ich wieder zu fragen: »Mama, was ist mit deinem kleinen Finger passiert?«

»Das ist eine Erinnerung an dort«, antwortete sie, »an die Zeit, als unser Gott die Welt verlassen hat.« Ohne eine weitere Erklärung.

Und ich hörte auf zu fragen.

An diesem Abend sah ich die schönen Hände Helenas, meiner Mutter, vor mir. Ich erinnerte mich daran, wie der verkrümmte Finger die Blicke der Menschen auf sich gezogen hatte, wie die Kinder flüsterten: »Schaut doch, das ist die Frau ohne kleinen Finger«, wie sie stolz zu mir gesagt hatte: »Ich habe hier allein, mit neun Fingern, eine Familie aufgebaut.«

Lautes Klopfen an der Tür riss mich aus meinen Erinnerungen. Vor mir standen zwei alte Frauen.

Die eine war klein und dünn, nur Knochen und Falten, die zweite groß und dick. Sie standen mit verschränkten Armen in der Tür, so aufrecht, wie es ihnen möglich war, und im Kerzenlicht waren die Nummern auf ihren Armen zu sehen.

Die kleine, magere Alte kam mir bekannt vor, aber nach so vielen Jahren war mir ihr Name entfallen. Doch der zweiten, der großen, das hätte ich schwören können, war ich noch nie begegnet, obwohl mir ihre Stimme vertraut schien.

»Warum hast du uns nicht zur Beerdigung eingeladen?«, fragten sie mich im Chor.

*Jentes**, dachte ich, zwei *jentes*, und suchte nach einer angemessenen Antwort, aber die beiden erwarteten gar keine Antwort, sie fragten weiter: »Und warum sitzt du nicht Schiwe, wie es sich gehört?« Sie schauten sich mit großen Augen um und fragten: »Und wo ist die Familie?«

»Mein Mann ist zu Hause geblieben, mit den Kindern, und sonst gibt es niemanden«, antwortete ich höflich. »Ich bin ihre ganze Familie.«

»Auch wir sind ihre Familie«, protestierte die Große und stellte fest: »Das ganze Viertel ist eine große Familie.«

Diese beiden Alten sollen Familie sein?, dachte ich bei mir. Wieder wurde an die Tür geklopft, diesmal leise.

* Jidd.: Klatschbasen.

»Wer ist da?«, fragte ich überrascht. Wer konnte denn zur Schiwa kommen, wenn es keine Familie gab.

»Ich bin's, Malka Lifschitz«, antwortete eine schwache Stimme.

Ich erstarrte.

Die Tür ging auf.

Plötzlich, im kalten Licht des Abends, in dem Zimmer, in dem ich meine Kindheit und Jugend verlebt hatte, sah ich die Wohnung vor mir, in der Malka aufgewachsen war.

Obwohl wir zusammen im Kindergarten und in der Schule waren, besuchte ich Malka erst gegen Ende der sechsten Klasse zum ersten Mal zu Hause, als sie an Windpocken erkrankt war. Wir Kinder mieden ihre Wohnung, weil wir gehört hatten, dass es da spuke.

Die kleine Wohnung der Familie Lifschitz hatte sich, obwohl ich nur dieses eine Mal dort gewesen war, tief in mein Gedächtnis eingegraben.

Sie war blitzblank, frei von Staub, Bildern und Büchern. In der Küche standen ein alter, zerkratzter Tisch und darum herum drei Stühle, im Schlafzimmer stand ein großes Bett, im Vorraum ein kleineres Bett und mittendrin eine große Kiste mit Kleidungsstücken, Bettwäsche, Handtüchern und Geschirr.

Jizchak, Malkas Vater, lief in Hausschuhen und Pyjama durch die leere Wohnung und sprach mit sich selbst.

Ab und an unterbrach er sein Herumwandern, setzte sich auf das wacklige Eisenbett und murmelte: »Ich will nicht, dass es mir gut geht, ich will nicht schlafen, ich will nicht vergessen.«

Draußen im Hof, zwischen lauter vor sich hin rostendem Schrott, stand, als gehöre es nicht dazu, ein Dreirad, beladen mit frischen Blumen.

Das war das Dreirad von Chava, Malkas Mutter, die, da es nicht anders ging, die Bürde des Lebens und des Lebensunterhalts auf sich genommen hatte.

Jeden Morgen wurde das Viertel von ihrem Ruf geweckt:

»Blumen, Blumen! Kommt zu Chava und kauft Blumen!«

*»Rachmones«**, sagten die Nachbarinnen, wenn sie ihr Rufen hörten, und drängten ihre Männer, die gerade zur Arbeit gehen wollten, zuvor schnell noch bei Chava einen Strauß Rosen, Lilien oder Gladiolen zu kaufen.

»Gerechte beginnen den Tag mit einer guten Tat«, sagte Chava dann immer und bedankte sich bei den Käufern.

»Blumen, Blumen!«, fuhr die kleine, zerbrechliche Frau fort zu rufen, bis sie das ganze Viertel durchquert hatte.

Am Ende des Viertels, neben dem Friedhof, parkte sie ihr Dreirad. »Kommt zu Chava und kauft Blumen!«, flehte sie mit brüchiger Stimme die Vorübergehenden an, die Trauernden und die Tröstenden, und gegen Abend nahm sie die Blumen, die keiner gekauft hatte, und legte sie auf die Gräber, die von niemandem besucht wurden.

Am Ende ihres Arbeitstages hob sie die erloschenen Augen und die kleinen Hände zum Himmel, dankte dem Herrn der Welt dafür, dass er ihr die Kraft und Gesundheit gegeben hatte, ihre Malka ehrenvoll zu ernähren und zugleich etwas Gutes zu tun, und bat den Ehrwürdigen, ihrer Malkale ein gutes und glückliches Leben zu schenken.

* Jidd.: Erbarmen.

Als wir in der zehnten Klasse waren, kam der schüchterne Zvika Schtigman aus der zwölften Klasse zu Malkale und fragte sie laut und vor allen, ob sie seine Freundin werden wolle.

Malka und Zvika wurden ein Paar. Chava erzählte allen, dass der Ewige, gelobt sei Er, ihre Gebete erhört habe, ihre Malkale habe einen Mann und eine gute Familie gefunden. Frau Schtigman, verkündete Chava ihren Kunden, sei eine wunderbare Hausfrau, Zvikas Schwester Leiterin bei den Pfadfindern und sein Vater Fahrer bei der Busgesellschaft Egged.

»Und Zvika«, fügte sie glücklich hinzu, »ist ein junger Mann mit einem Kopf auf den Schultern und einem Herzen aus Gold.«

Als Malka das Gymnasium beendet hatte, hielt Zvika um ihre Hand an.

Malka bat ihn, noch zu warten. »Ich möchte erst meinen Militärdienst ableisten.«

Zvika wartete.

Gleich nach Malkas Militärdienst mieteten die beiden einen Saal für die Hochzeitsfeier, kauften ein Brautkleid und ließen Einladungskarten für Freunde und Nachbarn drucken.

Im Viertel gab es keine Geheimnisse. Wie alle anderen erfuhr ich, dass Malkas Vater einen Blick auf den Stapel Einladungskarten geworfen und Chava gefragt hatte: »Wieso ein Fest? Wen lädst du überhaupt ein? Werden meine Mutter und mein Vater aus Treblinka kommen? Onkel Jisruel und Tante Mira aus Majdanek? Großvater Michael aus Dachau?«

»Gott hat uns Gelegenheit gegeben, glücklich zu sein«,

sagte Chava zornig zu ihm, was so gar nicht ihre Art war, und forderte nachdrücklich, dass er wenigstens einmal, nur dieses eine Mal, glücklich sein solle – »nur für das Mädchen«.

Jizchak schwieg, und Chava schwor, dass zur Hochzeit ihrer Malkale viele Gäste kommen sollten und man ein großes Freudenfest feiern würde.

Auf ihr Dreirad, zwischen die Blumen, legte Chava Einladungskarten, und jeder, der Blumen kaufte, bekam auch eine Einladung.

»Kommt«, bat sie, »kommt, ihr seid doch wie Familie.«

Sechs Tage vor der Hochzeit brach der Jom-Kippur-Krieg aus.

In der zweiten Woche des Kriegs fiel Zvika Schtigman.

Nach der Schiwa schloss sich Malka ihrem Vater an. Er murmelte weiter vor sich hin, er würde nie Ruhe finden und nie vergessen, und sie saß neben ihm auf dem Eisenbett, starr und stumm.

Und Chava zog wie üblich am frühen Morgen los, um den Lebensunterhalt für die Familie zu verdienen. »Blumen, Blumen«, rief sie mit gebrochener Stimme, aber die Kunden wichen verlegen zurück, und ihre Ware blieb auf dem Dreirad.

»Man kauft keine Blumen von einem glücklosen Menschen, das bringt Unglück«, flüsterte man sich im Viertel zu.

Malka blieb an der Tür stehen. Ich schaute sie an. Es schien, als wären seit unserer letzten Begegnung keine zwanzig Jahre vergangen. Sie trug Jeans und ein blaues T-Shirt, ihre braunen Haare fielen über ihre Schultern, sie sah aus, als komme sie gerade aus der Schule. Ihre jugendliche Gestalt brachte für einen Augenblick unsere Kindheit zurück.

Als Malka die beiden Gäste bemerkte, die zur Tür spähten, begrüßte sie sie mit einem Lächeln. »Guten Tag, Sonia«, sagte sie zu der Großen und zu der Kleinen: »Guten Tag, Genia.«

»Malkale«, rief Genia erfreut. »Schön, dass du gekommen bist.« Sie musterte Malkale und fügte hinzu: »Es gibt keine wie dich.«

»Unsere Malkale kommt immer als Erste zu jeder Schiwa«, erklärte sie mir und zwickte Malkale zärtlich in die Wange.

Ich antwortete nicht, hoffte aber, die beiden Alten würden gehen und mich mit Malka allein lassen.

»Jetzt bist du ja nicht mehr allein, deshalb gehen wir«, verkündete Sonia, die meinen Wunsch offenbar erahnt hatte, und zog ihre Freundin Genia Richtung Treppe.

»Aber wir kommen wieder, wir kommen später noch mal«, versprach Genia, bevor sie hinuntergingen.

Malka und ich blieben allein an der Tür zurück.

»Es tut mir leid«, sagte Malka. »Ich hatte sie sehr gern.«

Dann entschuldigte sie sich: »Ich will dich nicht stören, ich kam nur gerade zufällig vorbei.«

Ich fing mich wieder. »Aber Malka, komm doch herein.«

Bevor wir uns setzten, streifte Malka durch die ganze Wohnung und schaute in jede Ecke. Manchmal seufzte sie.

»Alles ist wie damals«, sagte sie leise, schloss die blauen Augen und zählte eine lange Reihe vertrauter Namen auf. Sie vergaß keinen. Aus ihrem Gedächtnis holte sie die Namen der Toten und der Lebenden. »Wir waren einundvierzig Kinder des Jahrgangs 1953«, sagte sie. »Und heute lebt nicht ein Einziger von uns mehr im Viertel.«

Wieder seufzte sie, dann schwieg sie.

Ich suchte einen Weg aus dem Schweigen. »Und wie geht es dir heute?«

»Ich bin verheiratet und habe zwei Kinder«, antwortete sie.

»Was machst du, was macht dein Mann?«, erkundigte ich mich.

»Mein Mann hat eine Autowerkstatt, und ich bin Sekretärin in einer Rechtsanwaltskanzlei. Wir führen ein Leben wie alle, ein normales Leben«, antwortete sie, und ich bemerkte, dass sie beim Sprechen auf ihre Uhr blickte, eine alte, schwere Herrenuhr, die nicht zu ihrem schmalen Handgelenk passte, und die Hände rang.

Plötzlich schaute sie mich mit ihren blauen Augen scharf an.

»Erinnerst du dich an meinen Zvika, Zvika Schtigman?«, fragte sie.

»Ja, ich erinnere mich«, erwiderte ich mit erstickter Stimme.

»Das ist seine Uhr«, sagte sie.

Mir stockte das Herz.

Ich beugte mich vor und betrachtete die alte Uhr.

Malkale strich liebevoll über das metallene Uhrband und sagte: »Jeden Freitagabend sind wir zum Schabbatessen bei seinen Eltern. Sie wohnen immer noch hier, am Ende der Straße.«

»Wer ist wir?«, fragte ich erstaunt.

»Seine Schwester und ich«, antwortete sie.

Ich riss die Augen auf. »Aber Malka, du hast einen Mann und Kinder, du hast eine Familie.«

»Seine Mutter macht für uns gefilte Fisch, Hühnersuppe

mit *kreplach*, Hühnerschlegel, Püree mit Zwiebeln und Käsekuchen. Alles genau so, wie Zvika es mochte.« Sie rang wieder die Hände, die Grübchen in ihren Wangen wurden tiefer, ihre blauen Augen funkelten. Dann fügte sie in entschuldigendem Ton hinzu: »Ich muss gehen, sie warten bestimmt schon auf mich.« Sie ging zur Tür, blieb einen Moment stehen, wandte den Kopf zurück, schaute mich mit ihren blauen Augen scharf an und sagte laut und nachdrücklich: »Das ist meine Familie.«

Ich blieb allein in der Wohnung zurück.

»Leg die weiße Pessach-Tischdecke auf«, befahl mir meine Mutter, wie immer an Tagen, an denen wichtige Gäste erwartet wurden. »Füll Butterkekse in die Kristallschale, nimm die Porzellantassen für den Kaffee. Und kauf bei Chava Lifschitz einen Strauß Rosen.« Mit einem Lächeln fügte sie hinzu: »Heute kann es mir kein Unglück mehr bringen.«

Ich ertappte mich dabei, dass ich die Wohnung für die Schiwa so herrichtete, wie meine Mutter es gewollt hätte.

»Bist du nun tot oder nicht?«, fragte ich sie in Gedanken, während ich die weiße Tischdecke auflegte und die große Kristallschale aus dem Küchenschrank holte.

Und ich hörte meine Mutter sagen: »Ich bin, wie du weißt, eine Veteranin des Todes.«

Dämmerung

Als es Abend wurde, verließ ich die Wohnung meiner Mutter. Statt in mein Auto zu steigen, lief ich noch eine Weile durch die Straßen des Viertels.

Eine neue Ampel blinkte am Ende der Jizchak-Sadeh-Straße, und vor mir erstreckte sich ein neuer Zebrastreifen.

Vor vielen Jahren lief ich einmal gegen Abend mit meiner Mutter durch die Trumpeldor-Straße. Als wir in die Jizchak-Sadeh-Straße einbogen und sie überqueren wollten, näherte sich uns ein Mann und fragte freundlich: »Entschuldigen Sie, sind Sie von hier?«

»Nein, ich bin von dort«, antwortete meine Mutter beiläufig und deutete nirgendwohin. Ich zuckte zusammen.

Der Mann war verwirrt.

»Brauchen Sie Hilfe?«, fragte sie liebenswürdig.

»Ja«, sagte der Mann erfreut, »können Sie mir bitte sagen, wie diese Straße heißt?«

»Das ist die Janusz-Korczak-Straße«, sagte sie mit großer Bestimmtheit. Ich wurde rot.

»Danke«, antwortete der Mann.

Er runzelte die Stirn und blickte sich um, ging ein paar Schritte, dann wandte er sich wieder an meine Mutter. »Entschuldigen Sie, aber da steht Jizchak-Sadeh-Straße«, sagte er irritiert und deutete auf das Straßenschild.

»Jeder hat seine eigenen Helden«, antwortete meine Mutter zufrieden, griff nach meiner Hand und überquerte mit mir die Straße.

Jemand tippte mir leicht auf die Schulter.

Ich wandte den Kopf und sah eine kleine Frau mit einem runden Gesicht und einem Mitleid verströmenden Blick.

»Es tat mir leid zu hören, dass sie gestorben ist«, sagte die Frau.

Ich erkannte sie sofort: Emuna, die Tochter des Rabbiners. Sie sieht genauso aus wie ihre Mutter, dachte ich. Wie Guta, die Frau des Rabbiners, trug Emuna züchtige Kleidung, dunkel und schwer, und nicht ein einziges Haar schaute unter ihrem bunten Kopftuch hervor.

Ich wollte fragen, wie es ihr gehe, aber sie hob ihre Augen gen Himmel, und aus ihrem Mund sprudelten die Worte: »Der Allgegenwärtige tröste dich samt allen, die da trauern um Zion und Jerusalem, mögest du vor weiterem Leid bewahrt bleiben.« Dann schnappte sie nach Luft, schloss die Augen und sagte: »Sie hatte es nicht gut in dieser Welt, deine Mutter.« Sie nickte und fuhr sofort, vielleicht, um ihre Worte abzuschwächen, mit den Segenssprüchen fort: »Möge die Seele der gerechten Frau ins Paradies aufsteigen, möge ihr die Erde leicht sein, kein Leid möge ihr mehr zuteilwerden, sie ruhe in Frieden, Amen.« Dann fügte sie abschließend hinzu: »Mögest du vor weiterem Leid bewahrt bleiben«, und überquerte ohne Abschiedsgruß die Straße.

Wie ihre Mutter, dachte ich, sie sagt, was sie zu sagen hat, und verschwindet.

Wieder sah ich meine Mutter vor mir, zusammengekrümmt auf dem Rollstuhl im Krankenhaus, wie sie in ihrem völlig verwirrten Zustand laut schrie: »Sauerstoff! Hilfe! Sauerstoff!«

Die Ärzte erschienen mit ihrer Ausrüstung. »Ans Beatmungsgerät anschließen!«, rief einer, befand dann aber überrascht, die Kranke habe keine Atemnot, der Puls sei normal, das Herz schlage regelmäßig. Das Ärzteteam suchte nach einer Diagnose, die Anspannung nahm zu.

Und meine Mutter schrie weiter: »Sauerstoff! Hilfe! Sauerstoff!«

Sie wurde nun doch ans Beatmungsgerät angeschlossen. Sie wehrte sich mit Blicken, aber die Ärzte waren zu sehr mit ihren lebensrettenden Maßnahmen beschäftigt und achteten nur auf die Apparate. Verzweifelt, mit aufgerissenen Augen, schaute sie mich an und flehte stumm: »Sauerstoff! Hilfe! Sauerstoff!«

Ich versprach ihr, alles komme in Ordnung, bevor mich die Ärzte hinausschickten.

Vom Krankenhausflur aus rief ich ihre Friseurin an und bat sie, so schnell wie möglich zu kommen und meiner Mutter die Haare blond zu färben. »Sie will nicht, dass die Nazis sie umbringen«, erklärte ich ihr. Die Frau hatte Mitleid und machte sich sofort auf den Weg.

»Ihre arme Mutter, sie kommt aus der Schoah«, sagte sie bei ihrem Eintreffen verständnisvoll und begann sofort mit ihrer Arbeit.

Während die Friseurin die Haare mit Wasserstoffperoxid behandelte, saß meine Mutter ganz ruhig da. Und als sie im Spiegel sah, dass ihre Haare wieder blond waren, lächelte sie. »Danke«, flüsterte sie, und um kein Missverständnis aufkommen zu lassen, erklärte sie mir mit letzter Kraft: »Ich möchte sterben, ich will nur nicht, dass die Nazis mich umbringen.«

Bei dieser Gelegenheit bat sie auch um eine Sonnenbrille.

Am nächsten Abend kam ich wieder ins Krankenhaus und brachte ihr eine Sonnenbrille. Obwohl die Sonne bereits untergegangen war, setzte sie die Brille auf, und Ruhe senkte sich auf ihr Gesicht.

Ich betrachtete sie und wusste, dass die Nazis, auch wenn sie, behüte, ins Krankenhaus kämen, nicht entdecken würden, dass die blonde Helena dunkle Augen hatte.

Auch dort, in jener Dämmerwelt, im Niemandsland zwischen hier und dort, fand meine Mutter keine Ruhe. Sie hatte es nicht gut in dieser Welt.

An einem Herbstmorgen, der erste Regen fiel, betrat ich mit meiner Mutter die Bankfiliale in unserem Viertel.

»Ich möchte für meine Tochter ein Sparkonto eröffnen«, sagte sie zu dem Bankangestellten und fügte stolz hinzu: »Für die Universität.«

Der Angestellte, ein junger Mann, erkundigte sich höflich nach dem Namen meiner Mutter, und sie sagte: »Helena, schreiben Sie H-e-l-e-n-a«, und dann buchstabierte sie auch den Familiennamen.

»Und die Adresse?«, fragte der Angestellte und schaute sie über seine Brille hinweg an.

»Auschwitz, Baracke 2, gegenüber vom Krematorium«, antwortete sie.

Der Angestellte erstarrte. Ich stand neben meiner Mutter, erloschen.

Vielleicht wollte sie ihre Worte abschwächen, denn sie fügte hinzu: »Manchmal bin ich in Krakau, manchmal in Płaszów, manchmal in Buchenwald, aber am Ende, Herr Bankangestellter, bin ich immer in Auschwitz.«

Zusammen mit meiner Mutter ging ich zur Abschlussfeier des Gymnasiums. Siva, unsere Klassenlehrerin, hielt uns am Schultor zurück und überschüttete uns mit Komplimenten.

»Sie sieht so schön aus in ihrer weißen Bluse und dem blauen Rock«, sagte Siva liebevoll. Helena lächelte erfreut.

»Haben Sie in ihrem Alter auch so schön ausgesehen?«, fragte Siva meine Mutter.

»In ihrem Alter, Frau Lehrerin, hatte ich keinen Spiegel«, antwortete meine Mutter trocken.

»Schon wieder Auschwitz«, zischte ich wütend.

Die verlegene Lehrerin enteilte, ich lief schnell und mit großen Schritten zu meinen Klassenkameraden, und Helena blieb allein am Tor zurück.

Nach der Feier, auf dem Heimweg, liefen wir hintereinander, ohne ein Wort oder einen Blick zu wechseln. Plötzlich blieb Helena stehen und schaute hinauf zum Himmel.

»Er hat mir nicht alles genommen«, sagte sie bitter. »Ausgerechnet die Erinnerungen hat er mir gelassen, alle Erinnerungen.« Dann warf sie mir einen gequälten Blick zu, seufzte und sagte: »So bin ich, mein Andenken sei gesegnet.«

»Nun beginnt der Trauerzug für die verstorbene Helena, Tochter von Frieda-Rachel und David«, hallten in meinen Ohren die Worte des Ausrufers auf dem Friedhof.

Ihm schlossen sich die fremde Stimme des Totengräbers und die vertraute Stimme von Emuna an, der Tochter des Rabbiners, die im Duett sagten: »Die Erde möge ihr leicht sein, sie ruhe in Frieden, und kein Leid möge ihr mehr zuteilwerden.«

Der zweite Tag

Schabbat

Ich kehrte in die Wohnung meiner Mutter zurück.

Die Zeit hatte ihre Spuren in den Räumen hinterlassen, in denen ich aufgewachsen war. Im Tageslicht sah alles so alt aus – sogar die Luft war voll Schmutz und Staub, abgestanden und säuerlich.

Von Weitem waren traurige Geigenklänge zu hören.

Ich öffnete den Fensterladen in meinem Zimmer, und klares Morgenlicht fiel herein. Ich stützte mich mit den Ellenbogen auf das Fensterbrett und schaute hinaus.

Hinter den Baumwipfeln im Nachbarhof konnte ich das Fenster von Doveles Zimmer sehen. Dovele, ich musste lächeln – Geiger und Humanist. Obwohl der Fensterladen drüben geschlossen und Dovele nicht in seinem Zimmer war, wurde die Stille des Morgens von Geigenklängen durchdrungen.

Wie damals trat auch heute ein magerer Junge von neun oder zehn Jahren aus dem Haus auf die Straße, ein Junge in kariertem Hemd und weiten kurzen Khakihosen, die um seine Beine schlackerten, Locken fielen ihm über die lachenden Augen.

Damals blieb Dovele an der Straßenecke stehen, stellte seinen Geigenkasten vor sich auf den Boden und verteilte an die Freunde im Viertel einen Brief.

Streng geheim
Betrifft: Aktion zur Rettung von Leben
Am Donnerstag um zehn Uhr abends, nachdem alle den Karpfen aus der Badewanne geholt haben, treffen wir uns an der Bushaltestelle am Platz, gegenüber von Sajtschiks Friseursalon. Den Karpfen muss man in Zeitungspapier wickeln, in einen Plastikkorb stecken und sich dann aus dem Haus schleichen, ohne dass die Eltern es merken.
P. S. Es ist verboten, den Eltern etwas zu sagen.
Dubi

»Das darf nicht sein«, erklärte Dovele den Kindern, die kein Interesse an der Rettungsaktion zeigten, »dass man bei uns im Viertel jeden Donnerstag einen lebenden Karpfen in die Badewanne setzt und am nächsten Morgen erbarmungslos durch den Fleischwolf dreht und zu Klops verarbeitet.«

»Was ist wichtiger als die Rettung von Leben?«, fragte er diejenigen wütend, die immer noch zögerten.

Am Donnerstag fand ich mich zur verabredeten Zeit, zitternd vor Aufregung, an der Bushaltestelle ein, zusammen mit allen anderen Kindern meiner Klasse. Alle trugen Plastikkörbe, in denen in Zeitungspapier gewickelte Karpfen zappelten.

Dovele umklammerte liebevoll den Korb, in dem sich sein Karpfen wand. Roni verkündete, sein Karpfen sei der größte, und Uri Donner prahlte, er sei der Einzige, der zwei Karpfen in seinem Korb habe, seinen eigenen und den seiner Nachbarn. Matti, der Stinker, kam mit seinem Cousin und seiner Cousine angerannt, den Neueinwanderern aus Polen – drei Kinder mit einem einzigen Karpfen. Malkale brachte einen

Korb, aber keinen Karpfen. Chemda kam ohne Korb und ohne Fisch, denn seit ihre Mutter gestorben war, gab es bei ihnen in der Badewanne keine Karpfen mehr, und ich war, weil ich in Dovele verliebt war, so schnell hergerannt, dass ich nicht bemerkt hatte, wie mein Karpfen unterwegs aus dem Korb auf die Straße gerutscht war und dort noch vor Abschluss der Lebensrettungsaktion den Tod gefunden hatte.

Als der Autobus Nr. 11 an der Haltestelle hielt, verkündeten wir Berl, dem Busfahrer und Kinderfreund, aufgeregt: »Wir wollen zum Meer.«

»Zum Meer, mitten in der Nacht?«, wunderte er sich, doch er fasste sich sofort. »Der Autobus Nr. 11 fährt zum Rathaus und nicht zum Meer«, sagte er. »Ihr müsst einen anderen Autobus nehmen.«

»Aber wir dürfen nicht bei jemandem mitfahren, den wir nicht kennen«, erinnerte ich ihn.

»Und außerdem kommt kein anderer Autobus durch unser Viertel«, rief Chemda.

»Wir steigen an der Endhaltestelle aus, und von dort aus gehen wir zu Fuß zum Meer«, schlug Dovele vor.

»Dovele«, flüsterte Berl, der mittlerweile offenbar verstanden hatte, was unser Ziel war, »Karpfen sind Süßwasserfische, keine Meeresfische.«

Es wurde still.

Berl wünschte uns allen Erfolg für unsere Aktion, schloss die Türen des Busses und fuhr davon.

Eine Woche später verteilte Dovele einen weiteren Brief.

Streng geheim
Betrifft: Aktion zur Rettung von Leben

Am Donnerstag um zehn Uhr abends, nachdem alle den Karpfen aus der Badewanne geholt haben, treffen wir uns am Friedhofstor, von dort gehen wir zusammen zum neuen Schwimmbad auf dem Hügel.
Dubi

Zur zweiten Lebensrettungsaktion kam nur ich.

Dovele, der am Friedhofstor auf die Freunde gewartet hatte, wollte die Aktion durchführen, trotz seiner Enttäuschung, also liefen wir zu zweit zum neuen Schwimmbad.

Der Wachmann, der uns schon von Weitem sah, rief: »Kinder, nach Hause mit euch! Das Schwimmbad ist nachts geschlossen.«

»Mein Dovele wird nie Hunger kennen, denn dieser Lebensmittelladen wird einmal ihm gehören«, verkündete Efraim, der Ladenbesitzer und Doveles Vater, mit glänzenden Augen seinen Kunden und deutete mit seinen langen, schmalen Händen auf das Brotregal, den Käsekühlschrank, die Konservendosen und die Fässer mit Fischen.

Efraim, der Lebensmittelhändler, war ein gut aussehender Mann, er war groß und schlank und trug immer eine graue Schürze, die zu seinen grauen Haaren und seinen grauen Augen passte. Tag für Tag stand er in seinem kleinen Laden an der Kasse und bediente seine Kunden liebevoll. Er schnitt für sie frisches schwarzes Brot, gelben Käse und Wurst in Scheiben, aus einem tiefen Holzfass zog er wie ein Zauberer geräucherte Makrelen oder Matjes hervor und wickelte mit einem herzlichen Lächeln Halva oder Fruchtgelee in Pergamentpapier. Mir schenkte er bei jedem Einkauf einen Kaugummi, und die Sachen, die ich gekauft hatte, steckte er in eine braune Papiertüte, auf die er mit Bleistift schrieb: Guten Appetit und wohl bekomm's.

Auch am Schabbat und an Feiertagen öffnete Efraim seinen Laden.

Man sagte, nur dort, inmitten all seiner Lebensmittel, finde Efraim Schutz vor seinen Ängsten, Zuflucht vor seinen Erinnerungen und Ruhe vor Dorka, seiner mürrischen Frau.

Dorka war eine kleine, magere und zornige Frau. Sie stand jeden Tag in der Tür oder am Fenster, mit wirren Haaren, in einem fleckigen bunten Baumwollkittel und Hausschuhen – aber nie verzichtete sie auf Lippenstift und Rouge, auf Perlenkette, Armreifen und Ohrringe, wie es sich für eine Frau aus einem vornehmen Geschlecht geziemte.

Wieder und wieder verkündete sie von ihrem Fenster aus, sie, Dorka, geborene Musikant, stamme aus einer angesehenen Familie.

Und ich stellte mir immer vor, dass Dorka aus einer Familie von Verrückten stamme. Deshalb, so erklärte ich mir, stand sie am Fenster und zeterte, manchmal mit niemandem, manchmal mit den Nachbarn, und jeden Tag, auch am Schabbat und an Feiertagen, mit ihrem Dovele.

»Dovele, ist dir nicht kalt?«, schrie sie vom Fenster aus an einem glühend heißen Tag.

»Dovele, geh nicht so weit weg!«, schrie sie ihm hinterher, wenn er zur Schule ging.

»Dovele, bist du krank?«, schrie sie, auch wenn er gesund war.

»Dovele, komm nach Hause! Du musst Geige üben!«,

schrie sie, wenn er unten im Hof mit seinen Freunden spielte.

»Dovele, pass auf!«, schrie sie einfach so, ohne Grund.

»Mein Dovele«, verkündete sie bei jeder Gelegenheit vom Fenster aus, »wird, Gott behüte, kein tumber Lebensmittelhändler sein, mein Dovele wird ein berühmter Geiger.« Zweimal in der Woche fuhr Dorka mit Dovele und dem Geigenkasten zum Tel Aviver Konservatorium. Und jeden Tag zwischen vier und sechs zwang sie ihn zum Üben.

»Es reicht, ich möchte mit meinen Freunden spielen«, hörte ich ihn protestieren, doch Dorka beharrte: »Noch einmal! Das war noch nicht gut genug! Noch einmal, habe ich dir gesagt, das war noch nicht gut genug!«

Dorka ist die verrückteste Mutter des Viertels, dachte ich.

Stundenlang stand ich am Fenster und lauschte Doveles Geigenspiel, und manchmal hörte ich, wie Dorka Dovele von damals erzählte, als sein Urgroßvater und ihr Vater bei Festen für die Familie aufgespielt hatten. Wäre nicht der Krieg gewesen, hörte ich sie sagen, hätte auch sie eine große Geigerin werden können.

In Momenten großer Sehnsucht griff Dorka selbst zur Geige und spielte. Die Nachbarn, die sie spielen hörten, klatschten ihr laut Beifall.

Dann ging sie zum Fenster, als wolle sie sich verbeugen – mit wirrem Haar, geschminkt und mit Schmuck behangen. »Pest und Cholera!«, schrie sie. »Ihr stört Dovele beim Üben!«

So war es, bis wir in die zehnte Klasse kamen, bis Marian im Viertel auftauchte.

An einem Spätsommertag kam mir ein Mädchen entgegen, barfuß, in knallengen Jeans, die fast platzten, und einem winzigen Hemdchen. Ihre Haare waren gebleicht und wild, und in der Hand hielt sie eine Gitarre.

Eine Hippie, dachte ich überrascht, hier gibt es eine Hippie.

»Ich bin Marian«, stellte sie sich vor und erzählte mir mit amerikanischem Akzent, dass sie, ihre Mutter, ihr Vater und ihre alte Tante Mela erst gestern aus Amerika gekommen seien und hier im Viertel wohnen würden. Sie erkundigte sich in ihrem stolpernden Hebräisch, wo es hier in der Gegend eine Diskothek gebe, nach Partys, wer was rauche und wer außer ihr irgendein Instrument spiele.

Ich war verblüfft, schlug ihr aber vor, Dovele zu treffen. »Er wird ein berühmter Geiger werden«, sagte ich stolz und deutete auf das Haus, aus dem düstere Geigenklänge drangen.

Dorka öffnete die Tür und stieß zum ersten Mal den Schrei aus, der später im ganzen Viertel berühmt wurde: »Dovele, *ojwawoj*, irgendeine *kurve** sucht dich!«

Noch am selben Tag erfüllten Gitarrenklänge und Marians fröhliche Stimme die Straße. Die Geige verstummte.

Danach drangen von drüben Pop und Rock in mein Zimmer, fröhliche Lieder über Liebe und Partys.

Und von Zeit zu Zeit ertönte der Schrei: »Hier ist eine *kurve*! Eine *kurve fun amerike*!«

»Ich sage dir«, erklärte meine Mutter, die ebenfalls hörte, was sich im Nachbarhaus abspielte, »Dorka ist verrückt. Was

* Jidd.: Hure.

tut sie ihrem Dovele an? Was tut sie dem armen Mädchen an? Sie ist wirklich verrückt.«

»Lass die Kinder doch«, bat auch Efraim und zog Dorka vom Fenster weg.

»Geh du in deinen Laden, und verkauf dein Fruchtgelee«, schimpfte Dorka und schrie: »Mein Dovele wird ein Geiger!« Voller Abscheu wehrte Dorka auch Nachbarn und Freunde ab, die ihr voraussagten, ihr Dovele würde eines Tages ein berühmter Gitarrist werden, und beschimpfte sie als asiatische Barbaren.

Zwei Jahre lang kämpfte die unglückliche Dorka gegen Marian, gegen die Gitarre und gegen die Liebe. Mit gequältem Gesicht stand sie am Fenster und schrie laut ihre Not hinaus:

»Alles wegen dieser *kurve*! Alles nur wegen ihr!«

Als wir in der Zwölften waren, fuhr unsere Klasse für eine Woche zu vormilitärischen Übungen.

Marian weigerte sich, eine Uniform zu tragen, und erschien in zerrissenen Jeans und Hemdchen zum Appell.

»Uniformen sind nicht sexy«, erklärte sie der überraschten Ausbilderin.

Und die Uzi, die jeder von uns trug, tauschte sie gegen ihre Gitarre aus. »Warum«, fragte sie, »warum soll ich ein Gewehr schleppen, wenn ich nie im Leben bereit sein werde, auf jemanden zu schießen?«

Die Mädchen brachen in Gelächter aus.

Die Ausbilderin fasste sich wieder. Marian sei ein Mädchen mit Problemen, befand sie und befreite sie von allen Aufgaben.

Jeden Abend, nachdem das Licht gelöscht wurde, verließ

Marian das Zelt der Mädchen und eilte zur Kommandantur. Bis spät in die Nacht waren von dort Lachen und Gitarrenklänge zu hören.

Nach dieser Woche hatte Marian, die *kurve*, keine Freunde mehr. Die Mädchen boykottierten sie, die Jungen ignorierten sie, und auch Dovele trennte sich von ihr.

Dorka stellte sich in ihrem schönsten Gewand ans Fenster.

»*Kurve*«, schrie sie, als Marian auf der Straße vorbeiging. »Jetzt wissen alle, dass du eine *kurve* bist.«

»Verrückte!«, brüllte Marian zurück. »Dein Sohn ist arm dran, er hat eine *crazy mom* aus der Schoah!«

Damals erzählte mir Marian, Dorka habe gesagt, wäre nicht der Krieg gewesen, wäre bestimmt ein Geiger wie Yehudi Menuhin Doveles Vater geworden und nicht ein mickriger Krämer wie Efraim.

Sie erzählte mir auch von einem Foto, das in Dorkas und Efraims Schlafzimmer hing, das Foto eines kleinen Jungen mit Stiefeln bis zu den Knien, einer riesigen Wollmütze und großen schwarzen Augen.

»Dorka«, beschrieb Marian aufgeregt, »streichelt dieses Foto, küsst das Glas und fängt manchmal ganz plötzlich an zu weinen. Einmal hat sie sogar geschrien: Dovele, siehst du nicht, dass du auf dem Foto nicht so lange Haare hast? Und dann hat sie eine große Schere aus der Küche geholt und ihm alle Locken abgeschnitten. Und Dovele hat gesagt«, fügte Marian hinzu, »so wäre sie nun mal, und jedes Mal, wenn er sie frage, wer dieser Junge sei, würde sie antworten: Das bist du.« Marian wollte mir noch weitere dunkle Geheimnisse verraten, aber auch ich boykottierte sie, wie alle anderen.

Viele Tage lief sie noch durch die Straßen des Viertels und suchte Zuhörer für ihre Geschichten.

Viele Tage lang stand Dorka, die Siegerin, aufrecht und schön zurechtgemacht am Fenster und verkündete triumphierend, dass die *kurve* aus Amerika unter dem Einfluss harter Drogen seltsame Geschichten erfinde.

Marian stand gegen Abend traurig und allein vor Efraims Ladentür, zupfte an den Saiten ihrer Gitarre und sang Liebeslieder.

Efraim, voller Mitleid mit dem unglücklichen Mädchen, kam heraus, gab ihr ein Stück Schokolade oder einen Kaugummi und lobte ihren Gesang.

Im Winter 1970 begann Doveles Militärdienst, und er meldete sich freiwillig zu einer Elitekampfeinheit.

»Er eignet sich nicht zum General«, schluchzte Dorka entsetzt. »Mein Dovele ist doch ein Musikant von Geburt.«

Dovele konnte seiner Mutter endlich entfliehen. Ich freute mich für ihn.

»Alles wegen dieser *kurve*, sie ist an allem schuld!«, schrie Dorka aus dem Fenster.

Aber Marians Familie hatte das Viertel schon verlassen. Marian war wegen Untauglichkeit aus dem Militärdienst entlassen worden und hatte ihre Eltern gedrängt, das Land zu verlassen. Nur ihre alte Tante Mela blieb im Viertel. Wegen ihres hohen Alters hatte sie sich vor der langen Reise in das ferne Amerika gefürchtet.

Zur Missbilligung Dorkas war Dovele im Militär erfolgreich. Er beendete einen Kompanieführer- und einen Offizierskurs mit Auszeichnung und kam nur selten ins Viertel zurück.

Und noch seltener, wenn ihm danach war, spielte er zu seinem Vergnügen Geige.

Dorkas Herz füllte sich mit Hoffnung.

»Heute gegen zwei Uhr nachmittags haben die Armeen Ägyptens und Syriens einen Krieg gegen Israel eröffnet. Im Sinai und auf den Golanhöhen starteten sie eine Serie von Angriffen ihrer Luftwaffe sowie mit Panzer- und Artillerieeinheiten. Unsere Armee erwiderte das Feuer und drängte die Angreifer zurück. Der Feind hat bereits schwere Verluste erlitten«, verkündete Ministerpräsidentin Golda Meir der Nation.

Während ihrer Rede saß ich, eine zwanzigjährige Soldatin, die für Jom Kippur Urlaub von der Armee bekommen hatte, vor dem Fernseher.

Ich warf meiner Mutter einen Blick zu.

Ihre Augen waren weit aufgerissen, ihre Lippen trocken, ihre Stirn und Wangen gerötet.

Nachdem sie gehört hatte, dass »der Feind bereits schwere Verluste erlitten« habe, verzerrte sich ihr Gesicht. Mit zusammengekniffenen Augen starrte sie den Bildschirm an.

»Der Feind hat bereits schwere Verluste erlitten«, wiederholte sie. »Und bei uns«, schrie sie die Ministerpräsidentin an, »sag doch, was bei uns passiert ist! Unsere Kinder sind alle in der Armee!«

Dann wandte sie den Blick vom Bildschirm. »Eine Schoah, eine Schoah«, presste sie hervor.

Die Ministerpräsidentin fuhr mit ihrer Rede fort. »Unsere Truppen sind gegen die Gefahr angemessen gerüstet, wir haben keinen Zweifel an unserem Sieg.«

Meine Mutter schlug wütend auf den Fernseher.

Der Bildschirm wurde dunkel.

Im Jom-Kippur-Krieg, in den Kämpfen am Suezkanal, fiel Dovele.

Bei der Beerdigung drückte Dorka ein altes, vergilbtes Foto an ihre Brust. Auf dem Bild sah ich einen ungefähr achtjährigen Jungen mit großen schwarzen Augen, mit Stiefeln bis zu den Knien und einer riesigen Wollmütze auf dem Kopf, im Hintergrund eine Holzhütte und eine verschneite Ebene.

Als der Leichenzug das Grab erreichte, hob Dorka den Blick zum Himmel. »Du liebst Geigenspieler?« schrie sie und deutete auf das Foto, das sie in der Hand hielt. »Meinen Dovele, den Erstgeborenen, hast du dort genommen, und hier«, sie deutete auf den Holzsarg, der mit der israelischen Flagge bedeckt war, »hast du auch ihn genommen.« Dann fragte sie mit brechender Stimme: »Warum? Warum auch ihn? Warum zwei? Hast du ein Orchester im Himmel?«

Und als der Militärrabbiner mit der Beerdigungszeremonie begann, unterbrach sie ihn: »Meinen Dovele werden Sie nicht begraben«, schrie sie. »Mich sollt ihr ins Grab legen!« Der Militärarzt gab ihr eine Beruhigungsspritze.

Efraim wurde zum Kaddisch gerufen. »Es gibt kein ›Erhoben und geheiligt werde Sein großer Name‹ mehr«, sagte er zum Rabbiner und fiel ohnmächtig zu Boden.

Die Beerdigungszeremonie endete mit einer Gewehrsalve und in großer Stille.

Jedes Jahr kamen Doveles Eltern, gemeinsam mit Nachbarn und Freunden, am Grab zu einer Gedenkfeier zusammen.

Drei Jahre nach der Beerdigung kam auch eine fremde alte Frau zum Friedhof.

»Ich bin Mela, Marians Tante«, stellte sie sich vor. Und mit zitternder Hand hielt sie Dorka einen hellblauen Briefumschlag hin. »Der ist für Sie, von Marian.«

Dorka wurde blass. Einen Moment lang schwieg sie, dann wandte sie sich an die Versammelten. »Sagt der Tante von dieser *kurve*, sie soll mit diesem Brief sofort von hier verschwinden«, verlangte sie nachdrücklich.

Die bestürzte Mela wollte etwas sagen, aber Dorka schrie: »Weg mit dir, *kurve*, *kurve*, *arojss*!«

Mela fiel in sich zusammen und verließ beschämt den Friedhof.

Nach einigen Tagen nahm Efraim allen Mut zusammen, klopfte an Melas Tür, entschuldigte sich in Dorkas Namen und vor allem in seinem und stellte einen Korb mit Köstlichkeiten aus seinem Laden auf die Schwelle. Ehrerbietig bat er um den Brief.

Mithilfe des Himmels,
Brooklyn, 1976
Liebe Dorka, lieber Efraim,
der Heilige, gelobt sei Er, segnete mich mit einem erstgeborenen Sohn. Mein Sohn wurde am Vorabend des heiligen Jom Kippur geboren, und ich sah darin ein Zeichen des Himmels. Ich dachte an Dovele, er ruhe in Frieden, und wusste, dass er Euer einziger Sohn war. Damit sein Name in Erinnerung bleibt und seine Seele Ruhe findet, nannte ich meinen

Sohn Dov. Wenn Gott will, wird mein Dovele gottesfürchtig aufwachsen, heiraten und gute Taten vollbringen, und Dovele, nach dem er benannt ist, möge uns und Euch und ganz Israel beschützen.

Marian hatte dem Brief ein Foto beigelegt. Dieses Foto hängte Efraim in seinem Laden über die Kasse.

Von dem Foto lächelte den Betrachter eine Frau in einem schweren Pelzmantel an. Ihr Gesicht war ungeschminkt, die Haare unter einem straffen Kopftuch verborgen. Auf den Armen trug sie ein süßes Baby, in eine dicke Decke gewickelt und mit einer Wollmütze auf dem Kopf, im Hintergrund sah man ein kleines Haus und einen schneebedeckten Garten.

Ich stand noch immer wie erstarrt an meinem Fenster.

»Ich sage dir«, hörte ich die entschiedene Stimme meiner Mutter, »Dorka ist verrückt. Was tut sie ihrem Dovele an? Was tut sie der armen Marian an? Sie ist wirklich verrückt.«

Ich war einundzwanzig. Die Sterne und das Licht der Straßenlaterne erhellten die Dunkelheit, ein leichter Sommerwind bewegte die Wipfel der Bäume, es war schon nach Mitternacht.

Zachi, ein junger Mann, den ich an jenem Abend bei einer Freundin getroffen hatte, brachte sein Auto auf der unserem Haus gegenüberliegenden Straßenseite zum Stehen.

Die Scheinwerfer gingen aus, und aus dem Radio drangen die Lieder, die immer in diesen Nachtstunden gespielt wurden.

Zachi und ich blieben im Auto sitzen und stellten uns die

üblichen Kennenlernfragen: Wie alt bist du, von wo kommst du, was machst du?

Begeistert entdeckten wir, dass wir viele gemeinsame Bekannte hatten, dass wir gleich alt waren und dass wir beide von einem Universitätsstudium träumten und später in einem Kibbuz leben wollten.

Die Zeit verging, es war schon fast drei Uhr morgens.

Und dann sahen wir im Rückspiegel, wie eine alte, gebeugte Frau in einem verschlissenen Morgenrock mit einem Pinsel in der Hand hinter dem Auto stand und anfing, mit weit ausholenden Bewegungen die Karosserie zu bemalen.

»Sind Sie verrückt? Was machen Sie da?«, schrie Zachi erschrocken, aber bevor er es schaffte, den Motor zu starten, klopfte die alte Frau ans Fenster.

»Ich bin ihre Mutter«, sagte sie und deutete auf mich, und von ihrem Pinsel tropfte rote Farbe.

»Mama, bist du völlig verrückt geworden?«, fragte ich mit brüchiger Stimme.

»Das ist meine Tochter«, sagte sie mit kalter Stimme zu Zachi, »und sie ist eine *kurve*.« Und dann zischte sie: »Nur Huren sitzen nachts um drei bei fremden Männern im Auto.«

Nach einem wütenden Blick zu mir fügte sie hinzu: »Und über dein Auto, junger Mann, habe ich rote Farbe geschüttet, damit alle wissen, dass es das Auto eines Zuhälters ist.«

Zachi gab Gas.

In jener Nacht lernten wir alle Straßen der Stadt kennen, alle Verkehrsschilder und alle Ampeln, und wir schwiegen.

»Auch meine Mutter kommt aus der Schoah«, stieß Zachi plötzlich hervor, und danach fuhr er schweigend weiter.

Am frühen Morgen, als wir uns voneinander verabschiedeten, gab er mir einen Zettel mit seiner Telefonnummer. »Für den Notfall«, sagte er höflich, seine Stimme zitterte.

Ich ging nach Hause.

Meine Mutter war mit Hausarbeit beschäftigt.

»Guten Morgen«, sagte sie, als wäre nichts geschehen.

Ich packte meine Kleidungsstücke und einige Bücher in eine kleine Tasche, verließ das Haus und das Viertel.

Siebzehn Jahre später war dieser Moment so lebendig in mir, als wäre das alles gerade jetzt erst geschehen.

Ich ging die Treppe hinunter, die Tasche mit meinen Sachen in der Hand, wandte den Kopf zurück und rief: »Hoffentlich stirbst du!«

Das Echo jenes Schreis hallt noch immer in meinen Ohren. Hallt und gibt keine Ruhe.

Gibt keine Ruhe.

Am Ende des Schabbat kamen Trauergäste, Arbeitskollegen und Kommilitonen, Menschen, die meine Mutter nie kennengelernt hatten. Auch mein Mann kam mit den Kindern.

Sonia und Genia, die beiden neugierigen Alten, folgten ihnen mit raschen Schritten.

»Wir sind Familie«, erklärten sie meinem Mann und den übrigen Anwesenden, ohne dass jemand sie gefragt hatte, dann kauerten sie sich schweigend in eine Zimmerecke und lauschten aufmerksam den Gesprächen der anderen Gäste, die sich über die Arbeit unterhielten, über die Liebe, die Kinder, über Krankheiten oder einfach nur über das Leben.

Plötzlich waren Geigenklänge zu hören.

»Spielt Dorka noch?«, fragte ich die beiden Alten, die schweigend dasaßen.

»Ja«, antwortete Sonia. »Dorka spielt schon über ein Jahr mit ihren beiden Söhnen in Gottes Orchester.«

»Und wer wohnt heute dort?«, erkundigte ich mich neugierig.

»Eine nette Familie, Neueinwanderer«, antwortete sie. »Sie haben auf dem Stauboden die Geige gefunden, und seither hört ihr kleiner Junge nicht auf zu spielen.«

»Man sagt, er wird ein großer Geiger werden«, erklärte Genia.

Während sie dies sagte, betraten zwei Männer zögernd das Zimmer.

»Wir sind Nachbarn«, sagte der Ältere von beiden, der einen alten Anzug und eine Kippa trug.

»Mögen Sie vor weiterem Leid bewahrt bleiben«, sagte der andere mit einem fremden Akzent.

»Sie war eine gute Frau«, sagte der Ältere und fügte hinzu: »Ich habe sie gut gekannt, ich war mein Leben lang Angestellter bei der Krankenkasse.« Dann seufzte er. »Heute bin ich Rentner, und jeden Morgen gehe ich zur alten Synagoge. Außer mir gibt es dort keine Betenden mehr. Ganz allein wische ich Staub, ordne die Bücher und bete, und abends gehe ich von einer Schiwa zur nächsten.«

»Von einer Schiwa zur nächsten«, murmelte Sonia. »So sammelt er gute Taten.«

Er ignorierte ihren Einwurf, deutete auf seinen Freund und sagte: »Wir sind gekommen, um zu fragen, ob man noch Männer für einen Minjan braucht.«

»Die Verstorbene mochte keine Gebete«, protestierte Sonia.

»Ich bin der neue Nachbar, ich habe sie nicht wirklich gekannt«, sagte der zweite Mann, um seinen Freund vor Sonias Zorn zu retten. »Aber man hat mir gesagt, die Familie der Frau sei klein, deshalb wollte ich fragen, ob man mich braucht, um für ihr Seelenheil zu beten.«

»Er ist der Vater des Geigers«, sagte Sonia laut.

Der Mann wurde rot. »Ich bitte um Verzeihung, wenn das Geigenspiel bei der Schiwa gestört hat.«

»Sein Sohn wird ein berühmter Geiger«, mischte sich der ältere Mann ins Gespräch.

Genia, die in der Zimmerecke saß, seufzte und sagte: »Wie Dorka es gewollt hat.«

»*Tfu!*« Sonia spritzte Spucke um sich. »Das hätte uns gerade gefehlt. Noch ein Geiger im Viertel.«

So endete der zweite Tag der Schiwa,
und die Nacht begann.

Nacht ohne Ruhe

Kurz nach Mitternacht

Die Trauergäste verließen die Wohnung. Nur Sonia und Genia fiel es schwer, sich zu trennen.

»Du gehst nicht nach Hause«, verkündete mir Sonia, schüttelte den Kopf und deutete befehlend mit dem rechten Zeigefinger auf mich.

Ich wurde zornig. Niemand hat mir zu sagen, was ich tun soll, wollte ich antworten, wie ein kleines Mädchen, das um ein Stückchen Freiheit kämpft, aber die Müdigkeit überwältigte mich, ich sagte nichts.

»Dein Mann und die Kinder sind schon längst zum Schlafen nach Hause gefahren, und hier brennt ihr Seelenlicht noch«. Genia versuchte, mich zum Bleiben zu überreden.

Sie standen dicht nebeneinander und betrachteten das gelbe Flämmchen des Seelenlichts.

»So hat Helena es geliebt«, sagte Genia seufzend, dann bat sie: »Mach ihr Licht nicht aus.«

»In dieser Nacht bleibst du hier«, verkündete Sonia zum zweiten Mal, und bevor sie die Wohnung verließ, wünschte sie mir eine gute Nacht.

Nachdem die beiden Alten gegangen waren, wollte ich die Wohnung abschließen und gehen. Stille erfüllte die Räume, und das Licht des Kerzchens tanzte über die Wände wie früher.

Obwohl ich vorgehabt hatte, nach Hause zu fahren, ertappte ich mich dabei, wie ich eine Weile die Flamme anstarrte, die Flamme und die Dunkelheit draußen.

Diese Nacht würde ich keinen Schlaf finden.

Es war eine fremde Stille, die Menschen schliefen, nur ein leichter Wind war zu hören und das Rascheln von Blättern. Einmal, vor vielen Jahren, war diese Straße nachts voller Leben gewesen.

Am Ende des Tages riefen die Eltern ihre Kinder nach Hause.

»Dovele, komm heim!«, schrie Dorka.

»Racheli, Schlafenszeit!«, rief Frau Tuchmayer.

»Roni, Papa ist schon zu Hause!«, verkündete Mina.

Und Mirjam rief: »Kinder, das Essen steht auf dem Tisch!«

Nach und nach ließen die Kinder des Viertels ihre Spiele im Stich, sammelten die Murmeln ein, die Aprikosenkerne, die Kreisel und liefen nach Hause.

Dunkelheit senkte sich über das Viertel.

Wenn es Nacht wurde, zündete meine Mutter immer Seelenlichter für ihre Toten an. Ihr spärliches Licht tanzte und schwebte durch die Wohnung. Viele Nächte verbrachte ich wach in meinem Zimmer und spähte durch die Ritzen des Fensterladens heimlich nach draußen.

Bei Anbruch der Nacht eröffnete Frau Ida Zitrin, die Kosmetikerin, den Reigen. Kaum wurde es dunkel, schrie sie aus ihrem Fenster: »Hilfe! Hilfe! Gott soll mich schon zu sich holen!«

»Still, Cinderella, niemand wird kommen und dich holen«, rief ein nervöser Nachbar vom anderen Ende der kleinen Straße. Aber mit der Ruhe war es vorbei. Im Gefolge von Frau Zitrins Geschrei erschien Esterke Pschigurski, die Mondsüchtige, auf der Straße. Esterke war eine knochige Frau, herausgeputzt und viel zu stark geschminkt. Sie erschien in einem seidenen Nachthemd, trug Schuhe mit hohen Absätzen und eine goldfarbene Handtasche und fragte in die Dunkelheit:

»Was ist das hier?«

Da keine Antwort kam, erschrak sie: »Mamele, wo bin ich?« Und dann antwortete sie sich selbst: »Hier ist Bergen-Belsen, ich weiß, hier ist Bergen-Belsen!« So schrie sie in ihren weißen Nächten, bis sie vierzig Schlaftabletten nahm und für immer einschlief.

Aus einem Haus am Rand des Viertels drangen laute Schreie, mit einer tiefen Stimme: »Halt! Heraus! Halt! Heraus!« Wenn sie diese Schreie hörte, lief Sarka aus ihrem Haus auf die Straße. »Das ist der Kapo, das ist wieder der Kapo!«, rief sie aufgeregt, und obwohl der Mann nun schwieg, rannte Sarka zwischen den Häusern herum, bis sie die Hoffnung, ihn zu erwischen, aufgab. Erst dann kehrte sie erschöpft nach Hause zurück.

»Ich werde ihn schon noch erwischen«, tröstete sie sich. »Ich will, dass er mir in die Augen schaut, dass er mich um Verzeihung bittet!« Und dann fügte sie entschlossen hinzu: »Ich werde ihm nie im Leben verzeihen.«

Um Mitternacht waren alle still geworden.

Aus der Dunkelheit trat Zila, die Frau des Gemüsemanns.

»Ich bin Zila, die Tochter von Luba und Jankel Nowitsch, Schwester von Mosche Nowitsch«, rief sie.

Barfuß stand sie in der Tür ihres Hauses, nur in einem

dünnen Nachthemd, und erzählte von Mojschele, ihrem heldenhaften Bruder, dem Anführer der Untergrundbewegung im Ghetto, und der, nebbich, der Erste war, der beim Aufstand umkam.

»Aber mein Matti wird nicht sterben«, schrie sie in die Nacht. »Hörst du, mein Junge, dir erlaubt Mama nicht, ein Held zu sein.«

»Wenn Mojschele kein Held gewesen wäre«, verkündete sie, »dann würde er heute noch leben, leben, leben ...«

Nachdem sie die Erinnerung an ihren Bruder wieder wachgerufen hatte, lief sie wie eine Schlafwandlerin durch das Viertel und suchte ihn. »Mojschele, wo bist du? Wo bist du?«, rief sie und flehte: »Mojschele, du darfst nicht noch mal sterben!«

Soscha, die die Geduld verlor, öffnete das Fenster ihres Schlafzimmers. »Ruhe!«, schrie sie. »Wann ist hier endlich Ruhe!«

»Ruhe gibt es nur im Paradies und in der Hölle«, antwortete Zila dann.

»Die Hölle ist hier«, sagte Soscha. »Es soll endlich Ruhe sein.«

»Geh zu deinen Toten, dort hast du Ruhe«, schimpfte Zila und fuhr fort, laut nach ihrem Mojschele zu rufen.

»Pest und Cholera«, brüllte Soscha und schloss mit einem lauten Knall ihren Fensterladen.

In jenen Nächten hörte ich, wie man nach Tula rief, nach Lea-Rivka, nach Salman, nach Naftali, nach Blume und nach anderen Menschen, die ich nicht kannte. Denn obwohl ihre Namen jede Nacht gerufen wurden, kam keiner von ihnen je zu uns ins Viertel.

Gegen Ende meiner Nachtwache sah ich durch die Ritzen des Fensterladens meine Mutter durch die kleine Straße gehen, in der wir wohnten, und die Deckel von den großen Mülltonnen hochheben.

»Miez-miau, kommt! Miez-miau, kommt!«, rief sie, und die Straßenkatzen versammelten sich mit fröhlichem Miauen um sie.

»Gleich bekommt ihr was zu essen, Katzen«, versprach sie ihnen und verstreute den Inhalt der Mülltonnen auf dem Bürgersteig.

Der Aufseher von der Stadtverwaltung, der ihr wegen des Verstreuens von Müll wieder und wieder einen Bußgeldbescheid verpasste, fragte sie verlegen: »Frau Helena, wann hören Sie endlich damit auf?«

Und sie antwortete stolz und stur: »Nie!«

Sie bezahlte die Strafe und verkündete: »Bei mir werden selbst die Katzen nie hungern müssen.«

Wenn der Morgen die Nacht besiegte und das Seelenlicht in unserer Wohnung sich mit dem Tageslicht vermischte, erwachte auch ich zu einem neuen Tag. Die Männer der Nachbarschaft gingen zur Arbeit, Hausfrauen eilten mit Plastikkörben zum Lebensmittelladen, zum Gemüsemann oder zur Krankenkassenambulanz, und ich lief, mit allen anderen Kindern des Viertels, zur Schule.

Es war, als hätte es die Nacht nie gegeben.

Tagsüber waren die Straßen vom Rufen der Kinder erfüllt. Grüppchenweise verteilten wir uns auf den Straßen und spielten Himmel und Hölle, Fünf-Steine, Fangen, Murmeln und Verstecken.

Als wir etwas älter waren, klauten wir Mispeln von den Bäumen, bei Ruben, dem Gemüsemann, stibitzten wir Aprikosen wegen der Kerne, mit denen wir Murmeln spielten, und von Efraim, dem Lebensmittelhändler, besorgten wir Tütchen mit Trinkschokolade. An Regentagen, wenn die Erde nass war, machten wir das Taschenmesser-Werfen-Spiel und sprangen mit den Kröten in den Pfützen um die Wette, und an heißen Sommertagen spritzten wir aus unseren Verstecken Wasser auf die Passanten und schrien begeistert: »Es regnet, es regnet!«

Auch am Schabbat und an den Feiertagen trafen wir uns in den Höfen und auf der Straße.

An Neujahr versammelten wir uns um die Gullys und warfen all unsere Sünden hinein. An Jom Kippur kamen wir auf Anweisung der Eltern in einem der Häuser zusammen und aßen drei üppige Mahlzeiten, damit wir, Gott behüte, im kommenden Jahr, das uns zum Segen gereichen möge, nicht mager und krank würden, und wir versprachen einander, diese Sünde geheim zu halten, aus Angst vor der Strafe Gottes.

Am Laubhüttenfest brachten wir unseren Feststrauß zu der Laubhütte, die allen Kindern des Viertels gemeinsam gehörte.

An Purim verkleideten wir Mädchen uns als polnische Krakowiak-Tänzerinnen, die Jungen als Ärzte, und dann veranstalteten wir einen bunten Kostümumzug.

An Chanukka machten wir jedes Jahr, egal wie das Wetter war, einen Fackelumzug.

»Dunkelheit, verschwinde, fort mit dir! Wir tragen Fackeln durch die dunkle Nacht«, sangen wir am helllichten Tag in den Straßen, nicht angezündete Fackeln in den Händen. Trotz unseres inständigen Flehens erlaubten uns unsere besorgten Eltern nicht, die Fackeln anzuzünden.

»Hier spielt man nicht mit Feuer«, entschied Dorka.

»Wir haben schon genug Feuer und Rauch gesehen«, erklärte Itta den Kindern.

Wenn es Abend wurde, riefen die Eltern ihre Kinder nach Hause. Wie auf Kommando senkte ein Kind nach dem anderen den Kopf und lief heim.

»Chajim, nach Hause!«, rief Tova.

»Chemda, Schlafenszeit!«, befahl Herr Pschigurski.

»Zvika, Janale, das Essen wird kalt!«, rief Frau Schtigman. Und Sarka rief: »Uri! Ascher! Rivka! Das Essen steht auf dem Tisch!«

Auch meine Mutter befahl mir, auf der Stelle nach Hause zu kommen, denn im Viertel wurde es schon dunkel.

Nur Zila unterschied nicht zwischen Dunkelheit und Licht. Jeden Morgen, wenn sie Matti, ihren einzigen Sohn, zur Schule begleitete, hörte ich sie, genau wie nachts, vor sich hin murmeln: »Dir erlaubt Mama nicht zu sterben.«

Wenn Matti die Straße überquerte, passte Zila vom Bürgersteig aus auf ihn auf und schrie: »Vorsicht!« Mal galt ihr Schrei Matti, dann wieder einem Autofahrer.

»Ausgerechnet ich werde von einem Lastwagen überfahren werden«, zischte Matti in ihre Richtung.

In den Pausen kam sie mit einem Glas frisch gepresstem Saft ins Klassenzimmer, aber Matti wollte lieber sterben und weigerte sich, die Vitamine zu trinken.

Und Zila wiederholte immer wieder: »Du wirst nicht sterben, du wirst kein Held sein.«

Man sagte, sie lasse ihn noch nicht mal unter der Dusche in Ruhe.

»Das ist das Gas, das ist wieder das Gas!«, schrie sie, wenn sie den Dampf vom heißen Wasser sah, lief zu ihm und zerrte Matti aus der Gefahr.

Jahrelang riefen ihm die Kinder »Matti, der Stinker« nach. Und: »Matti wäscht sich mit Gas!«

Matti floh nach dem Unterricht zum Gemüseladen seines Vaters.

Auch dort fand er keine Ruhe. Fast jeden Tag kam Zila in den Laden und flehte ihren Mann an, nichts zu verkaufen. »Diese Schweine«, sagte sie und deutete auf die Kunden, »kaufen alles weg, und unser Matti, *Boże mój*[*], muss verhungern.« Und dann stopfte sie den Korb, den sie fest umklammert hielt, bis zum Rand voll mit Obst und Gemüse. Matti wurde rot, und Ruben fuhr fort, die Waren zu wiegen und zu verpacken, als wäre nichts geschehen.

Wenn Zila mit ihren Sachen aus dem Laden rannte, schaute meine Mutter sie mitleidig an und sagte verzweifelt vor sich hin: »Schmerzen, sie haben keinen Tag und keine Nacht.«

* Poln.: Mein Gott.

Der dritte Tag

Ich machte die ganze Nacht kein Auge zu.

Um fünf Uhr morgens tauchte Genia auf. Sie trug einen alten hellblauen Morgenrock, große Lockenwickler schmückten ihren Kopf, und ein dünnes Netz bedeckte ihre schütteren Haare.

»So ist das bei einer Schiwa«, sagte sie. »Ich habe gewusst, dass du diese Nacht hierbleibst, ich habe gewusst, dass du nicht schlafen wirst.«

Dann sagte sie noch einmal: »So ist das bei einer Schiwa. Man hat keinen Hunger, man hat keine Tränen, man hat keine Gedanken, man hat einen Stein im Herzen, und aus dem Kopf stürzt ein Wust von Stimmen und Bildern, wie in einem Film, als wäre keiner tot. Und erst viel später, *majn kind*«, sagte sie in einem mitleiderfüllten Ton, »erst viele Jahre später fängt man an, sich zu besinnen und vielleicht auch ein wenig zu verstehen, dass die Menschen wirklich tot sind, und für den, der geblieben ist, sind allein die Erinnerungen das wahre Leben.« Und ernst sagte sie: »Ich bin eine Schiwa-Expertin, deshalb habe ich mir Sorgen um dich gemacht und bin gekommen, um zu sehen, wie es dir geht.«

Noch bevor sie sich setzte, bat sie mich um einen großen Gefallen: »Sag Sonia nicht, dass ich allein hergekommen bin, das macht sie nervös. So ist das bei uns, seit Doktor

Wollmann von uns gegangen ist, nehme ich keine Schlafmittel mehr, und sie nimmt keine Medizin mehr für ihre Nerven, die sie jeden Tag plagen.«

»Gibt es im ganzen Land keinen anderen Arzt?«, fragte ich mit einem Lächeln.

»Doch«, antwortete sie, »natürlich gibt es welche, da ist zum Beispiel unser Doktor Matti, der Sohn von Zila. Er ist ein großartiger Arzt, ich vertraue ihm, wie ich Doktor Wollmann vertraut habe.«

»Und warum gehen Sie dann nicht zu ihm?«

»Ich werde zu ihm gehen«, antwortete sie und lächelte verschmitzt. »Aber jetzt noch nicht«, sagte sie. Ein dumpfer Verdacht stieg in mir auf.

»Worauf ist er spezialisiert?«, fragte ich.

»Nun, wie nennt man das«, sagte Genia, »er ist ein großartiger Doktor für Tote.« Plötzlich fiel ihr das widerspenstige Wort ein: »Pathologe.« Und zufrieden fügte sie hinzu: »Auch wenn ich schon halb tot bin, glaube ich doch nicht, dass ich jetzt schon zu ihm gehen sollte.«

Dann machte sie es sich in dem alten verstaubten Sessel bequem und erkundigte sich, wer schon zur Schiwa gekommen sei.

Während ich die Namen der Trauergäste aufzählte, hörte Genia ungeduldig zu, und noch bevor ich fertig war, unterbrach sie mich und fragte: »Und wen hast du zur Schiwa eingeladen?«

»Wer kommt, kommt«, antwortete ich gleichgültig.

»Was soll das heißen, wer kommt, kommt?«, schimpfte sie und fuhr mit entschiedener Stimme fort: »Du musst überlegen, wen du vielleicht vergessen hast, jemand, von dem du willst, dass er kommt, und dann wird derjenige heute noch kommen.« Sie legte eine zittrige Hand auf meinen Kopf und schaute sich um, ob auch niemand zuhörte. Obwohl kein anderer da war, senkte sie die Stimme. »Und wenn nicht heute, dann vielleicht morgen. Bei einer Schiwa passieren spirituelle Dinge. Vergiss nicht, was Genia dir gesagt hat. Ich bin eine Schiwa-Expertin.«

Nachdem Genia wieder gegangen war, wusste ich, dass Chajale Poliwoda zur Schiwa kommen würde.

»Heute kommt eine Neueinwanderin zu uns«, verkündete Pola, die Lehrerin, als wir in der dritten Klasse waren, mitten im Schuljahr. Und zu mir sagte sie: »Ich möchte, dass die neue Schülerin neben dir sitzt.«

Ich verzog das Gesicht.

Pola wies mich zurecht. »Man muss Neueinwanderer freundlich empfangen.«

An jenem Tag, nach dem Klingeln, betrat ein kleines, dünnes Mädchen die Klasse, ein Mädchen mit riesigen blauen Augen und zwei langen blonden Zöpfen, in einer weißen Bluse und einem karierten Rock, der ihre Knie verdeckte, und mit roten orthopädischen Schuhen mit schwarzen Schnürsenkeln.

Sie machte ein verlegenes Gesicht, als Pola sie uns vorstellte und zu ihr sagte: »Setz dich dorthin, neben dieses nette Mädchen.« Sie deutete auf mich.

»Ich heiße Chajale«, sagte die Neueinwanderin mit polnischem Akzent, bevor sie sich hinsetzte.

Von jenem Tag an, mitten in der dritten Klasse, saß Chajale Poliwoda neben mir, bis zum Ende der Grundschule. Und die meiste Zeit schwieg sie.

Schon am Tag ihrer Ankunft erfuhren wir alle, dass sie einen Bruder hatte, Judale, der zwei Jahre älter war als sie, und dass sie nicht nur Seife aus Polen waren, sondern auch Verwandte von Matti, dem Stinker.

In der Pause machte das Gerücht die Runde, Chajale und ihre Familie hätten Polen wegen Gomułka verlassen.

Roni Postawski erklärte allen, Gomułka sei eine unheilbare Krankheit. »Aber nicht ansteckend«, beruhigte er uns.

»Du hast doch überhaupt keine Ahnung!«, rügte ihn Pola und setzte zu einem Vortrag an: »Władysław Gomułka, Kinder, wird in der Geschichte unseres Volkes für immer als Erster Sekretär der Polnischen Arbeiterpartei Eingang finden, der es den Überlebenden in Polen ermöglichte, in ihre Heimat zurückzukehren, in das Land Israel.«

Trotz der Ermahnungen unserer Lehrerin rannte auch ich in der Pause mit den Kindern des Viertels hinter Chajale und Judale her: »Gomułka! *Dobrze!** *Proszę pani!*** «, verspotteten wir die Neueinwanderer mit großem Vergnügen.

Wie alle anderen Kinder ließ auch ich Chajale und Judale nicht mitspielen und lud sie nicht zu unserem Klassenabend bei mir zu Hause ein.

Seit Chajale und Judale ins Viertel gekommen waren, fühlte ich mich endlich als echte Sabre.

Pola, die Lehrerin, die sich um die vereinsamte Chajale sorgte, verdonnerte mich dazu, ihr bei den Hausaufgaben in Hebräisch zu helfen.

So kam es, dass ich an einem Freitagabend widerwillig bei einem Schabbatessen der Familie Poliwoda dabei war.

* Poln.: In Ordnung, gut.

** Poln.: Werte Dame.

Um einen kleinen Tisch in der Küche saßen an jenem Abend vier schöne blonde und blauäugige Menschen – und schwiegen.

Auf dem Tisch standen Frikadellen für die Kinder und Beruhigungspillen für die Eltern. Chajales Mutter betrachtete die Töpfe und den Fußboden, der Vater blickte zur Decke, und Judale, ihr großer Bruder, schaute dauernd auf die Uhr, um zu wissen, wann er endlich weggehen könnte.

Als er die Wohnung türenknallend verließ, fragte ihn niemand:

»Wohin gehst du?« oder: »Wann kommst du zurück?«

Nach dem Essen, als wir eigentlich spielen wollten, sagte Chajales Vater zu mir, es sei nun Zeit zu gehen. Er versuchte einen Scherz. »Kinder müssen früh schlafen, um zu wachsen, und Eltern müssen früh schlafen, um zu vergessen.«

Chajale brachte mich noch nach Hause. Unterwegs sagte sie verschämt, ihre Eltern würden immer früh schlafen gehen, sogar wenn wichtige Gäste kämen.

Vielleicht um mich für diesen wenig gelungenen Besuch zu entschädigen, beharrte Chajale darauf, dass ich, wenigstens einmal, mit ihr ihre Tante Zila besuchen solle, die sie besonders liebte.

Aus irgendeinem Grund gab ich einmal ihrem Drängen nach und ging nach der Schule mit.

Tante Zila empfing uns sehr freundlich. Obwohl es erst Mittag war und sie mit Hausarbeit beschäftigt war, trug Zila ein festliches Kostüm, ihre blonden Haare waren zu einem Knoten aufgesteckt, über ihren blauen Augen war blauer Lidschatten aufgetragen, ihre Lippen waren rot geschminkt.

Zila deckte den Tisch mit einer weißen Decke und silbernem Besteck und servierte uns auf Porzellantellern ein saftiges Schnitzel auf einem Hügel aus Püree, verziert mit gebratenen Zwiebeln.

»Guten Appetit, esst, esst«, sagte sie. Dann brachte sie frisch gepressten Karottensaft und setzte sich zu uns an den Tisch. Davor sagte sie noch, sie sei jemand ganz Besonderes, denn nur sie und noch ein paar Auserwählte im Viertel hätten sowohl einen Namen als auch eine Nummer. Sie schob mit einer geübten Bewegung ihren Blusenärmel hoch, entblößte ihren Arm und beschrieb, wie man ihr im Lager die Nummer auf den Arm tätowiert hatte.

Sofort danach erzählte sie, dass damals, dort, eine große Läusefamilie auf ihrem Kopf gewohnt hatte. Diesen Läusen hatte sie die Namen von Gojim gegeben, denn sowohl die Läuse als auch die Gojim hätten es auf die Köpfe der Juden abgesehen. Als sie sich an die Laus Tadeusz Slobodowski und seine Frau, die Läusin Maria Slobodowska, erinnerte, die auf ihrem Kopf gewohnt hatten, brach Zila in Gelächter aus und machte mir und Chajale vor, wie sich wegen der Läuse alle Frauen im Lager mit schmutzigen Fingernägeln den Kopf gekratzt hatten. Mit verstrubbelten Haaren erzählte sie aufgeregt, dass die Kopfhaut ihrer Lagerfreundinnen ganz zerkratzt war und die Wunden eiterten, davon bekamen die Frauen hohes Fieber und schreckliche Krankheiten und starben an der Infektion.

»Aber ich«, sagte sie mit glänzenden Augen, »ich hatte großes Glück. Nachdem ich Kartoffelschalen aus dem Abfall gestohlen hatte, hat man mir alle Fingernägel rausgerissen.« Chajale schaute auf ihren Teller, und ich saß erstarrt da.

»Esst, esst«, drängte Zila und überschüttete uns mit einem weiteren Schwall von Geschichten.

»Eines Tages hat Etel, meine Pritschennachbarin, ein Kind geboren«, erzählte sie fröhlich, »und sie hatte, nebbich, keine Kraft, um bei den Wehen zu pressen. Deshalb haben ihr ein paar Frauen aus unserer Baracke unter den Augen der Deutschen einen Kaiserschnitt gemacht, und wenn Etel unter die Dusche geht, wird sie durch die Narbe bis heute an das Kind erinnert, das im Krieg gestorben ist.« Das Messer fiel mir aus der Hand und knallte mit einem hässlichen metallischen Geräusch auf den Boden. Zila schaute erst das Messer an, dann mich und sagte: »Mit einem Messer wie diesem haben wir der armen Etel den Kaiserschnitt gemacht.«

Mir stockte das Blut. Ich ließ das Messer unter dem Tisch liegen, und als Zila zum Kühlschrank ging, um uns einen Nachtisch zu bringen, nutzte ich die Gelegenheit und floh.

Erschrocken kam ich zu Hause an, aber ich erzählte nichts. Meine Mutter verlangte keine Erklärungen.

»So ist es«, sagte sie, »es gibt auf der Welt gute Menschen, böse Menschen und Menschen, die in Auschwitz waren.«

»Was hast du gesagt?«, fragte ich.

»Du hast es gehört«, antwortete sie.

»Was hast du damit gemeint?«

»Wenn du groß bist, wirst du es verstehen.«

»Aber ich bin schon groß«, protestierte ich.

Und sie antwortete: »Erst wenn du viel größer bist, wirst du es verstehen.«

Früh an diesem Morgen betrat eine elegante Frau die Wohnung. Sie hatte blaue Augen und kurz geschnittene blonde Haare, und einige wenige Falten beeinträchtigten ihre große Schönheit nicht im Geringsten.

»Es tut mir leid«, sagte Chajale, wie es auch die anderen Trauergäste getan hatten. Obwohl so viele Jahre vergangen waren, erinnerte das rollende R an ihre Muttersprache.

Als sie Platz genommen hatte, sagte sie: »Unsere Eltern sind mehrmals ums Leben gekommen. Meine Eltern, weißt du, sind das erste Mal im Krieg ums Leben gekommen, ein zweites Mal, als sie hier einwanderten, ein drittes Mal, als Judale fiel, und ein viertes und letztes Mal, als sie starben.«

Chajale wollte wissen, was sie hatte, meine Mutter, welche Krankheit, und fragte sehr behutsam, ob sie gelitten habe.

»Weißt du«, sagte sie, »ich komme nicht oft ins Viertel. Jedes Mal, wenn ich herkomme, habe ich das Gefühl, meinen Vater zu hören, der mich anschreit, ich solle früh schlafen gehen, und ich sehe Judale, wie er in seiner Pfadfinderuniform mit der grünen Krawatte durch die Straßen geht und seine Zöglinge mit dem Megafon zusammenruft.« Sie lächelte.

»Schmerzvolle Tage kommen zu mir zurück.«

Obwohl wir viele Jahre lang in der Schule nebeneinandergesessen hatten, erzählte Chajale mir erst jetzt, wie ihr Bruder darum gekämpft hatte, seine Diasporavergangenheit auszulöschen, wie er sein Taschengeld gespart hatte, um sich Khakikleidung und Riemensandalen zu kaufen, weil er wie ein Kibbuznik aussehen wollte. Und wie er nachts im Bett gesessen und vergeblich versucht hatte, sein rollendes polnisches R loszuwerden.

»Judale hat davon geträumt, ein Sabre zu sein«, sagte sie voller Schmerz. »Die Seife aus Polen hat alle Kraft und Zeit den Pfadfindern gewidmet, er wurde Spezialist für Zeltlager und nächtliche Orientierungsmärsche, er wollte in einem Kibbuz leben und die Araber im Krieg besiegen. Und meine armen Eltern, für die er sich so geschämt hat, haben sich innerlich aufgefressen und kein Wort gesagt.«

Als sie ihre Eltern erwähnte, steckte sie sich eine Zigarette an, dann rekonstruierte sie mir mit lauter Stimme den schweren Weg, den sie von Polen ins Viertel hatten zurücklegen müssen.

»Sie kamen als ältere Leute von dort, mit nichts, und waren hier von der Mildtätigkeit anderer abhängig. Meine Eltern, die aus angesehenen Familien stammten, haben hier mit Fleisch gehandelt, und auch das nur dank Onkel Ruben, der ihnen geholfen hat, eine Metzgerei zu eröffnen. Eine Metzgerei – verstehst du?«

Sie seufzte, bevor sie weitersprach: »Meine Eltern haben ihr Leben hier mit Schlafen und Schweigen verbracht. Und schweigend ließen sie auch unseren Helden gehen. Sie sagten kein Wort zu Judale, als er sich freiwillig zu einer Elitekampfeinheit meldete.«

Chajales Hand, in der sie die Zigarette hielt, fing an zu zittern.

»Erst als Judale gefallen war, brach es plötzlich aus meiner Mutter heraus: Ich bin schuld, ich verstehe es nicht, auf meine Kinder aufzupassen, Chanale und Mottele sind mir dort genommen worden, Judale hier. So erfuhr ich, dass ich noch weitere Geschwister gehabt hatte.« Chajales Stimme klang bitter.

»Mein Vater versuchte, sie zu beruhigen. Das ist Schicksal, sagte er und nahm noch eine Beruhigungspille.«

Chajale sprach jetzt viel und schnell. Das stille Mädchen, das jahrelang in der Schule neben mir gesessen hatte, deren Eltern unsere Lehrerin Pola zu sich gerufen und gefragt hatte: Warum spricht Ihre Tochter nicht?, sprach jetzt ohne Unterlass.

Chajale schien meine Gedanken zu erraten. »Es scheint, dass ich Tante Zila ähnlich geworden bin«, sagte sie. »Von ihr habe ich gelernt, dass man alles aussprechen muss.« Und dann sagte sie: »Meine Tante war eine über alle Maßen großartige Frau.«

Sie nahm einen Schluck Kaffee, den ich ihr vor einer ganzen Weile eingegossen hatte.

»Weißt du«, sagte sie, »der Kommandeur meines Bruders sagte damals bei der Schiwa, Gott habe Judale eine große Gnade erwiesen. Ihr Jehuda, sagte er, hat Glück gehabt. Er ist im Kampf gefallen, wie er es sich erträumt hat.« Sie schaute mich an. »Kannst du dir das vorstellen?«, fragte sie und wartete die Antwort nicht ab. »Erst in jenem Moment habe ich verstanden, dass Matti noch größeres Glück gehabt hatte: Er hat Gott nicht gebraucht, weil er eine Mutter hatte, die dafür sorgte, dass ihr Sohn am Leben blieb.« In ihrer Stimme lag Anerkennung. »Mit ihrem Reden hat meine Tante zwei Menschen gerettet, ihren Sohn vor dem Tod und mich vor dem Schweigen.«

Als ich wieder in die Küche ging, um Kuchen zu schneiden und frischen Kaffee zu kochen, folgte mir Chajale. Nun ging es auch um die Gegenwart, wie es diesem und jener ergangen war, und ich erzählte von meinem Mann, von Dana, meiner dreijährigen Tochter, und Ariel, meinem einjährigen Sohn.

»Und was ist mit dir?«, fragte ich.

»Ich bin Operationsschwester«, sagte Chajale. »Ich bin alleinerziehende Mutter, ich habe einen wunderbaren Sohn, er heißt Adam und ist sieben.« Auf ihrem Gesicht erschien ein Lächeln. »Ich bin eine genauso verrückte Mutter wie Zila. Wie sie werde ich meinem Sohn nie im Leben erlauben zu sterben.«

Und dann, bei einer Tasse Kaffee, einem Stück Kuchen und einer Schachtel Zigaretten, erzählte Chajale, wie ihre Tante Zila Matti, ihren Sohn, im Krieg vor dem Tod errettet hatte. Als Matti sich ihr zum Trotz zu einer Elitekampfeinheit meldete, blieb Zila hartnäckig. »Deine Mutter erlaubt dir nicht zu sterben«, sagte sie ihm bei jedem Urlaub und bei jedem Telefongespräch.

»Ich habe mit eigenen Augen gesehen«, sagte Chajale, »wie Matti sich die Ohren zugehalten hat. Ich höre dich nicht, schrie er sie an. Nervensäge! Lass mich in Ruhe! Und mir zischte er zu: Was für eine Last, eine Mutter aus der Schoah! Du wirst nicht gehen, wie mein Bruder gegangen ist, du wirst kein Held sein!, antwortete ihm Zila und ließ ihn nicht in Ruhe. Ich werde es dir zeigen, bei Gott, ich werde ein Held sein! Einen Orden werde ich dir bringen!, schrie Matti.«

Am Abend des 4. Oktober 1973 kam ein berühmter Regimentskommandeur zur Einheit von Matti, geschmückt mit Orden aus dem Sechstagekrieg.

»Stillgestanden!«, rief der aufgeregte Kompanieführer.

»Liebe Soldaten«, begann der Regimentskommandeur seine Rede, »ihr habt das Vorrecht, in einer Elitekampfeinheit zu dienen. Glücklich ist das Volk, dessen Soldaten ihr seid. Ich verlasse mich darauf, dass jeder Einzelne von euch bereit ist, sein Leben für dieses Land zu geben, für die Golanhöhen, für den Sinai und das Land Judäa.«

Der Regimentskommandeur erhob seine Stimme. »Wer nicht bereit ist, sein Leben für dieses Land und für dieses Volk zu geben, der hat hier keinen Platz! Jeder Einzelne von uns trägt den Befehl Trumpeldors im Herzen, des Helden von Tel Chaj. Es ist gut, für unser Land zu sterben – das ist für uns nicht nur eine Parole! Das ist der persönliche Schwur jedes einzelnen Soldaten dieser Einheit!«

Dann rief der Kommandeur gerührt und begeistert: »Wer nicht bereit ist, sein Leben zum Schutz der Golanhöhen zu geben – der möge sich erheben! Wer nicht bereit ist, sein Leben für das Volk Israel zu geben – der möge sich erheben! Alle Soldaten dieser Einheit –« Der Kommandeur verstummte plötzlich verwirrt.

Matti hatte sich erhoben.

»Aber nur Matti allein erhob sich«, sagte Chajale traurig und schwieg.

Stille breitete sich im Zimmer aus.

Chajale drückte ihre Zigarette im Aschenbecher aus, atmete tief ein und fuhr fort zu erzählen. »Der Regimentskommandeur fasste sich schließlich. Sie verlassen die Einheit auf der Stelle. Ich kann in einer Elitetruppe keine Angsthasen brauchen, verkündete er.«

Chajale, ein brennendes Streichholz in der einen Hand, eine noch nicht angezündete Zigarette in der anderen, sagte: »Der Schluss ist allgemein bekannt. Matti fuhr nach Hause und wartete auf seine Versetzung zu einer Etappeneinheit.« Sie unterbrach ihre Erzählung, um sich die Zigarette anzuzünden.

»Am Tag darauf, als der Jom-Kippur-Krieg ausbrach, beeilte sich Matti natürlich, zu seiner Einheit zurückzukehren.« Chajale sog tief den Rauch ein und sagte trocken: »Doch er konnte nirgendwohin mehr zurückkehren, alle waren beim ersten Angriff umgekommen.«

Chajale streckte die Hand mit der Zigarette nach dem Aschenbecher aus, ihr Blick traf meinen, und sie sagte: »In jenem Krieg hat aus meiner Sicht nur Zila gesiegt.«

»Heute gegen zwei Uhr nachmittags«, hörte ich wieder die Stimme der Ministerpräsidentin, »haben die Armeen Ägyptens und Syriens einen Krieg gegen Israel eröffnet. Im Sinai und auf den Golanhöhen starteten sie eine Serie von Angriffen ihrer Luftwaffe sowie mit Panzer- und Artillerieeinheiten. Unsere Armee erwiderte das Feuer und drängte die Angreifer zurück. Der Feind hat bereits schwere Verluste erlitten. Unsere Truppen sind gegen die Gefahr angemessen gerüstet, wir haben keinen Zweifel an unserem Sieg.«

Die Stimmung im Raum wurde immer bedrückender.

Aus dem Heimatkundeheft der sechsten Klasse, das ich in der Tischschublade verwahrt hatte, zog ich einen alten Brief und reichte ihn Chajale.

»Das ist ein Brief von deiner Mutter«, sagte Chajale aufgeregt. »Ich erinnere mich an ihre Handschrift.« Sie lächelte. Dann las sie laut vor:

März 1964
Sehr geehrter Herr Schatz,
am 11. Adar wird meine Tochter nicht in die Schule kommen und nicht mit der Klasse zum Grab von Trumpeldor fahren.
P. S. Sehr geehrter Herr Direktor, ich habe Ihren Helden Josef Trumpeldor nicht persönlich gekannt, aber ich weiß aus Erfahrung, dass Menschen, die denken, es sei gut zu sterben, im Allgemeinen krank sind.
Ich habe in der Enzyklopädie gelesen, dass Trumpeldor in Russland im Krieg verwundet wurde und man ihm einen Arm amputiert hat. Vielleicht litt er deswegen an Depressionen.
Zu meinem Bedauern habe ich Tausende von Menschen gesehen, die ihre Ehre verloren, ihre Familie, ihr Geld und ihren Besitz, sie hatten keine Kleider und nichts zu essen, sie froren, es ging ihnen schlecht, und sie hatten Schmerzen, aber keiner von ihnen dachte, es sei gut zu sterben. Alle hofften, am Leben zu bleiben.
Ich muss meine Tochter, die nach dem schrecklichen Krieg auf die Welt kam, lehren, das Leben zu lieben. Sie muss wissen, dass, wenn sie, was Gott verhüten möge, einmal kämpfen muss, sie dann kämpfen wird, um zu leben, und nicht, weil es gut ist zu sterben, wie Sie und Trumpeldor glauben.
Hochachtungsvoll, Helena

»Das hat deine Mutter geschrieben?«, fragte Chajale erstaunt.

»Ach, hätte es doch noch mehr Menschen gegeben wie sie und Zila.« Sie steckte sich eine weitere Zigarette an.

»Diesen Brief«, sagte ich, »hat Herr Schatz nie gelesen. Aus lauter Scham habe ich ihn in meinem Heft versteckt.«

Chajale unterbrach mich. »Das ist kein Brief«, rief sie, »das ist ihr Testament!«

Sonnenuntergang

Vor Sonnenuntergang

Sonia und Genia erschienen mit einem riesigen Topf.

»Ich habe Suppe für dich gekocht«, sagte Sonia, noch bevor sie mich begrüßte, und befahl ihrer Freundin, den Topf auf den Herd zu stellen.

Obwohl ich nicht hungrig war, brachte mir Sonia dampfende Hühnersuppe.

»Iss, du hast schwere Stunden vor dir«, befahl Genia.

Die beiden setzten sich zu mir, betrachteten abwechselnd die Suppenschüssel, den Löffel und meinen Mund.

Der wunderbare Geschmack der Suppe besänftigte mich.

»Nebbich, jetzt ist sie wirklich eine Waise«, sagte Genia und seufzte. »Ihr Vater ist gegangen, als sie fünf war, und jetzt ist auch ihre Mutter gegangen.« Sie sprach zu Sonia, als wäre ich überhaupt nicht da und als wüsste Sonia das alles nicht schon längst. Wieder stieß sie einen Seufzer aus.

»Eine Waise mit Mann und Kindern, das ist nicht so schlimm«, entschied Sonia und fügte hinzu: »Helena war stark, trotz allem, sie ist erst gestorben, als sie Enkel gesehen hat – nicht nur einen Enkel, sondern zwei!«

»Dabei ist sie so jung gegangen«, jammerte Genia. »Sie war erst siebzig.«

»Helena wusste, wann es für sie Zeit ist zu sterben«, beruhigte Sonia sie. »Sie war siebzig, sah aus wie achtzig und hatte für hundertzwanzig gelitten. Warum sollte sie weiterleben?«

In ihrem letzten Jahr hatte Helena im Krankenhaus gelegen, bleich und ausdruckslos, nur noch Haut und Knochen. Ihre stille Welt war erfüllt vom scharfen Geruch von Medikamenten und Urin. Das Geräusch des Beatmungsgeräts hatte sie mit unserer Welt verbunden, und nur das Röcheln, das sie von Zeit zu Zeit ausstieß, war in jenen Tagen für sie und für mich das Zeichen, dass sie noch lebte.

Genia schaffte es nicht, ihre Tränen zurückzuhalten.

»Hör schon auf zu weinen«, schimpfte Sonia. »Manchmal ist es besser zu sterben. Das habe ich gedacht, als unsere Fela ins Gas ging, und das habe ich gedacht, als mein Awremele bei einer Aktion ging.« Sie schaute mich an und erklärte: »So haben beide nicht mit ansehen müssen, wie die Deutschen ihre Kinder vergast haben.«

Genia schluchzte.

»Das habe ich auch gedacht«, sagte Sonia zu ihr, »als unsere Esterke Schlaftabletten nahm und, Gott sei Dank, starb, und das habe ich gedacht, als ich hörte, dass unsere Helena aufgehört hatte zu leiden.«

Genia beruhigte sich nicht.

»Genug Tränen«, schimpfte Sonia, dann fragte sie: »Sag mir die Wahrheit, wärst du bereit, so zu leben wie Esterke? Wärst du bereit, so zu leben wie Helena, ohne Bewusstsein? Oder vielleicht wie Sarka Donner?«

»Wie Sarka, da ist es besser zu sterben, wirklich, da ist es schon besser zu sterben«, schluchzte Genia. »Die Ärmste, für sie war es wirklich besser zu sterben«, sagte sie und wischte sich mit einem Taschentuch die Tränen ab.

»Jetzt«, sagte Sonia in entschiedenem Ton, »hast du einen guten Grund zu weinen.«

Sie wandte sich zu mir. »Bei Sarka hörte alles nach dem Krieg auf.«

Sarka aus der Tschechoslowakei und Mirjam aus Polen, zwei junge Frauen, die dort ihre ganze Welt verloren hatten, trafen sich hier, im Innenministerium, in der Schlange von Leuten, die auf einen Personalausweis warteten.

So hatte es mir Tante Itta von Theresienstadt erzählt, die beste Freundin meiner Mutter, die immer alles über alle anderen wusste.

»Bei mir hat alles nach dem Krieg aufgehört«, sagte Sarka traurig, zu niemand Bestimmtem.

»Es wird alles gut, du wirst schon sehen, es wird alles gut«, versprach Mirjam, eine fremde Frau, die hinter ihr in der Warteschlange stand.

Noch am selben Tag, mit ihren neuen Personalausweisen und mit dem Versprechen, immer zusammenzubleiben, fingen die beiden an, in einem Sprachkurs Hebräisch zu lernen.

Dort lernte Mirjam Mietek Lewinger kennen, und Sarka traf Josef Donner. Nach ihrer Heirat wollten sie nebeneinander wohnen. Sarka brachte Uri und Rivka auf die Welt, und Mirjam ihren Ascher.

An dieser Stelle nahm Itta immer einen Schluck Wasser, bevor sie fortfuhr, das glückliche Ende der Geschichte zu erzählen.

Und seitdem, am Rand des Viertels, in einem dreistöckigen Haus, im ersten Stock, Tür an Tür, lebten die Lewingers und die Donners wie eine einzige große Familie.

»In unserer Familie«, sagten beide immer glücklich und stolz, »gibt es zwei Väter, zwei Mütter und drei Kinder.«

Viele Male war ich in dem Haus gewesen, in dem sie wohnten, neugierig darauf, wie eine große Familie lebt. Dort, im ersten Stock, saß ich im Treppenhaus und beobachtete, wie Frau Lewinger in einem rosafarbenen Morgenrock und in türkisfarbenen Hausschuhen aus der Wohnung der Familie Donner kam, mit einem halben Glas Zucker in der Hand, ich hörte sie rufen: *Oj wej*, Sarka, mir ist der *kigl* angebrannt! Ich sah, wie Ascher in die Küche der Familie Donner lief und aus dem Kühlschrank das Hühnerbein nahm, das Sarka gebraten hatte, und wie Josef Donner zur Dusche der Familie Lewinger lief, weil es dort noch ein bisschen heißes Wasser gab.

So lebt eine große Familie, dachte ich neidisch, als ich ein Kind war.

Oft saß ich dort auf der Treppe. Ich lauschte den Gesprächen, dem Geschrei und den Segenssprüchen. So hörte ich auch, wie hingerissen Sarka war, wenn Ascher sang. »Unser Ascher wird ein Sänger«, sagte sie ganz begeistert zu Mirjam.

Mirjam Lewinger, Aschers Mutter, wies diese Vorstellung angewidert zurück.

»Sänger, das ist weder Ehre noch ein Beruf«, murrte sie und flehte Sarka an, ihren Ascher ja nicht zum Singen zu ermutigen.

Sarka machte heimlich mit Ascher aus, dass er nur bei ihr in der Küche singen solle, damit Mirjam sich keine Sorgen zu machen brauche.

Sarka kochte, buk, weinte und bügelte, und Ascher saß neben ihr in der Küche und sang.

Und jeden Abend, vor dem Schlafengehen, sang er ihr

das Lied, das sie am meisten liebte: »*Es brent, brider, es brent.*«

Uri war es, der allen Kindern in der Klasse erzählte, dass unser Ascher Sänger werden würde, und er, Uri, würde sein Manager. Bei dieser Gelegenheit lud er uns alle zum ersten Konzert ein.

Kurz darauf versammelten wir uns an einem Winterabend in ihrem Hof, zitternd vor Kälte und nass vom Regen, standen wir unter dem Fenster und lauschten, wie Ascher sang: »*Es brent, brider, es brent, oj, undser orem schtetl brent.*« Ascher sang für Sarka, und wir ermutigten ihn mit lautem Händeklatschen und Zurufen. Ascher tauchte überrascht am Fenster auf, und als er die ganze Klasse da stehen sah, wurde er ganz starr vor Aufregung.

Uri trat hinter ihn und verkündete: »Das war der erste Auftritt des berühmten Sängers Ascher!« Er schob Ascher in die Mitte des Fensters und drängte ihn weiterzusingen, so lange, bis aus den umliegenden Häusern gereizte Rufe zu hören waren.

»Dovele! Die Suppe wird kalt!«, schrie Dorka aus ihrem Fenster.

»Matti, nach Hause!«, rief Zila und fügte wütend hinzu: »Morgen wirst du bestimmt krank sein.«

Herr Pschigurski, der verwitwete Leihbüchereibesitzer, kam aus seiner Wohnung herunter in den Hof, mit einem großen schwarzen Regenschirm, und rief nach seiner Chemda, die wie ein Hund draußen herumstreune, in der Dunkelheit, in der Kälte und im Regen. Hinter ihm tauchte Lea Bittermann auf und fragte besorgt, ob wir ihren Etan gesehen hätten.

Bevor wir uns zerstreuten, verkündete Uri, einmal in jedem Monat sollten alle Bewohner des Viertels sich auf dem Rasen unter dem Fenster seiner Wohnung versammeln, um einem Konzert von Ascher, dem Sänger, zu lauschen.

Von da an wurde Ascher einmal im Monat zum Sänger und Uri zum Manager, und wir waren das Publikum.

Sarka war glücklich, und sogar Mirjam, Aschers Mutter, war dann doch stolz.

Nur die alte Soscha, die kinderlose Nachbarin, störte jedes Mal die Veranstaltung.

»Ruhe! Ruhe!«, schrie sie wieder und wieder, aber vergeblich. Wenn es mit ihrer Geduld vorbei war, kippte sie ihren Putzeimer über die Kinder aus, die Ascher vom Rasen aus zujubelten.

Als sein Einberufungsbefehl kam, wollte Ascher Lewinger eigentlich zu einem Musikkorps.

Er erzählte, die Offizierin in der Rekrutenbasis habe nach der Musterung zu ihm gesagt: »Mit einem Profil, wie du es hast, kannst du nach Herzenslust in einer Elitekampfeinheit auf den Golanhöhen singen.«

»Wenn man verloren hat, hat man verloren«, sagte Ascher enttäuscht und meldete sich zu einer Elitekampfeinheit.

Als er zum ersten Mal Urlaub hatte, besuchte er seine Tante Sarka.

Sarka, die gerade Bettwäsche bügelte, sah plötzlich einen Soldaten in Uniform in ihrer Küche.

»Hilfe!«, schrie sie. »Mirjam, ein Soldat! Mirjam, ein Soldat!« Und dann wurde sie ohnmächtig. Der weiße Bettbezug, den sie gerade bügelte, ging in Flammen auf.

Später verlangte Sarka von ihrem Uri, dass er nicht zum Militär gehen solle.

»Mirjam, rette mich«, flehte sie ihre Freundin an. »Rette mich, sag ihm, dass er nicht zum Militär gehen darf.«

Um Sarka zu beruhigen, schwor Mirjam, Uri würde nur in der Armeeverwaltung dienen, sie übernehme die Verantwortung.

Uri meldete sich zu einem Spähtrupp einer Elitekampfeinheit.

Bei jedem Urlaub versteckte er sein Gewehr und die Abzeichen seiner Einheit in Aschers Zimmer, und zur Beruhigung seiner Mutter bat er Ascher, dieser solle ihr auch sagen, er diene nur in der Armeeverwaltung.

Ascher versuchte auszuweichen.

»Ich kann nicht gut lügen«, sagte er.

Mirjam mischte sich ein. »Das ist keine Lüge, das ist eine gute Tat«, stellte sie klar. »Was man nicht weiß, tut einem auch nicht weh.«

Um Tante Sarka nicht wehzutun, gab Ascher nach.

Und so, mit Uris Lüge, mit Aschers Rückendeckung, mit Mirjams Versprechungen und Doktor Wollmanns Valium beruhigte sich Sarka.

Uri beendete einen Offizierskurs und wurde zum Dienst auf die Golanhöhen geschickt.

Am neunten Tag des Jom-Kippur-Kriegs traf Sarka Donner im Flur ihres Hauses eine Gruppe verlegener Soldaten.

»Wen sucht ihr?«, fragte sie.

»Die Familie Donner«, antwortete einer der Offiziere. Sarka bat sie einzutreten.

Es dauerte nicht lange, da war im ganzen Viertel ihr lautes

Brüllen zu hören: »Fort mit euch! Wie könnt ihr es wagen, so etwas zu einer Mutter zu sagen? Mein Uri ist bei der Armeeverwaltung!« Und dann schrie sie: »Mirjam! Komm schnell! Sag ihnen, dass Uri bei der Armeeverwaltung ist!«

Und von den erschrockenen Soldaten verlangte sie, sofort ihren Uri nach Hause zu bringen. Als sie antworteten, er sei, wie die anderen im Kampf gefallenen Soldaten, auf einem Friedhof im Norden provisorisch bestattet worden, jagte sie sie unter Spucken und Verwünschungen weg: »Lügner! Pest und Cholera! Fort mit euch!«

Als ihr Mann Josef und ihre Tochter Rivka nach Hause kamen, erstickt von Schmerz und Tränen, fiel Sarka wütend über sie her und schwor, sie würde ihnen nie im Leben verzeihen, dass sie fremden Menschen glauben würden, die in Uniform ankämen, und nicht Ascher und der Nachbarin Mirjam, die noch mehr wären als Familie.

Um die Wahrheit ihrer Worte zu beweisen, lief Sarka ins Treppenhaus, trommelte mit Fäusten und Füßen an die Tür der Nachbarn. »Mirjam! Sag Ascher, er soll kommen und allen sagen, dass mein Uri lebt!«, flehte sie.

Aber die Tür war verschlossen, und niemand antwortete.

Bei der Beerdigung rief Sarka laut, dass dieser Tote im Sarg nicht ihr Uri sei.

»Mein Uri ist im Dienst, sogar Ascher hat gesagt, dass er bei der Armeeverwaltung ist«, sagte sie immer wieder.

Und als der Sarg in die Grube gesenkt wurde, hörte man auf dem ganzen Friedhof den verzweifelten Aufschrei: »Mirjam! Ascher! Kommt endlich! Sagt ihnen, dass mein Uri lebt!«

Bei Sonnenuntergang

Müde nach einer schlaflosen Nacht und einem Tag voller Sehnsucht verließ ich die Wohnung meiner Mutter und lief durch die Straßen des Viertels.

Ein Ort, so vertraut und so fremd, dachte ich. Aus Müdigkeit und Schwäche entstand erneut die versunkene alte Welt.

In der Stille hallte das Echo längst vergessener Rufe, von *Alte-Sachen*-Lejser, der alles auf seinen Wagen lud, was schon zu alt geworden war.

In der Ferne hörte ich auch Jacek rufen: »Schleifer! Schleifer! Schleift billig Messer und Scheren!« Dann die Rufe von Herrn Fruchter: »Eis! Eis! Kommt schnell, bevor es schmilzt!« Und zwischen den einzelnen Rufen erfüllte das fröhliche Läuten der kleinen Kupferglocken des Eiswagens die Straße und das Klirren der Milchflaschen, die Kalman, der Milchmann, vor den Türen abstellte.

Die Klänge von Jiddisch, Polnisch und Hebräisch schwirrten und vermischten sich in den Sträßchen.

Wieder waren sie da, Efraim, der Lebensmittelhändler, Poliwoda, der Metzger, die alte, nervöse Soscha, Sarka Donner und Mirjam Lewinger.

Hinter ihnen tauchten die Kinder von damals in den Straßen auf. Judale rief mit dem Megafon die Kinder des Viertels zur Pfadfinderbaracke, Dovele spielte auf der Geige und

Marian auf der Gitarre, Etan und Jossi hüpften mit den Kröten in den Pfützen herum, Malka und Chemda spielten Himmel und Hölle, und Roni las laut die Rede von Gorodish vor. »Ich wusste, unsere Männer sind aus Stahl und die Panzer – bloß Metall.«

Vor dem Haus, in dem die Donners und die Lewingers gewohnt hatten, verharrte ich eine Weile, es fiel mir schwer, von dort wegzugehen.

Ich wusste, dass Ascher nicht mehr singen würde. Nach dem Krieg versank er in ein schwarzes Loch, es wurde eine schwere Depression diagnostiziert.

Ich schaute mich um: Der Hausanstrich war verblasst, die Farbe der Fensterläden blätterte ab. Aus einem der Zimmer fiel blasses Licht, an der Wäscheleine bewegten sich alte Handtücher im Wind, strahlend weiße Bettwäsche und ein rosafarbenes Nachthemd.

Im Garten vor dem Haus war die Erde trocken und rissig, aber zu meiner Überraschung entdeckte ich eine kleine Insel aus frischem grünem Gras.

Während ich dieses Stückchen Rasen erstaunt betrachtete, ging im dritten Stock die Balkontür auf, und die alte Soscha leerte ihren Putzeimer aus. Das braune Wasser platschte auf die Erde und begoss den grünen Rasenfleck, genau an der Stelle, an der wir früher einmal gestanden und einem Lied gelauscht hatten.

Ende des dritten Tages der Schiwa.

Der vierte Tag

In den Morgenstunden

Ich begann damit, die Wohnung aufzulösen und Sachen zusammenzupacken.

Die Kleidungsstücke und Schuhe, die niemand mehr tragen würde, stopfte ich allesamt in große Müllsäcke. Aus dem Küchenschrank nahm ich das alte Service mit den angeschlagenen Tellern und die Töpfe, in denen früher Braten oder Suppe angebrannt waren, und stopfte sie ebenfalls in einen Müllsack. Dann wandte ich mich den Papieren zu, den Briefen und Büchern.

Aus einer braunen Tüte, die meine Mutter in der Schublade neben ihrem Bett aufbewahrt hatte, zog ich ein Bündel alter Briefe und Postkarten.

Eine Karte schmückte ein Judasbaum mit rosafarbenen Blüten, und auf der Rückseite stand in kleiner Schrift: »Für unsere Helena ein gutes neues Jahr, von ihren Arbeitskollegen.«

Auf einer anderen Karte, älter und verblasster, prangte der Arc de Triomphe. Im Januar 1965 hatte Mischa von dort herzliche Grüße an seine liebe Helena gesandt.

Im selben Jahr hatte ihr jemand anderes eine Karte aus Jerusalem geschickt und versprochen: »In ein paar Tagen bin ich zurück und schaue bei Euch vorbei.« Seinen Namen hatte er nicht angegeben.

Ich vertiefte mich in die alten Karten.

Als ich für einen Moment den Blick hob, bemerkte ich in der Tür ein verlegenes altes Paar.

Der Mann war mager und groß, er stützte seinen dürren Körper auf einen prächtigen Spazierstock, in der freien Hand hielt er eine zerknitterte Plastiktüte. Sein Gesicht war faltig, mit tief eingesunkenen Augen, und sein Lächeln entblößte eine Reihe blitzender neuer Zähne, die weder zu seiner sonstigen Erscheinung noch zu seinem Alter passten.

Neben ihm stand eine etwas jüngere Frau, mit rundem Körper und rundem Gesicht, mit gütigen Augen und Goldzähnen.

»Guten Tag, wir Helena gekommen«, sagte sie mit einem schweren fremden Akzent.

So begann ein Treffen, das über zwei Stunden dauerte.

»Herr«, sagte der Mann und fügte hinzu: »Gottesmann-Gottesmann-Gottesmann.«

Dann schwieg er und schaute mich an. »Helena«, sagte er, und dann folgte ein stotternder Satz auf Polnisch.

Ich bat das Paar einzutreten, sie verbeugten sich und kamen herein. Die Frau stützte den humpelnden Herrn und führte ihn behutsam ins Zimmer. »Ich seine Pflegerin, ich bisschen Hebräisch, er Polnisch«, sagte sie verlegen.

Ich bot den beiden Tee an, Kaffee und Kuchen, aber der Mann weinte nur.

Die Frau zog aus einer großen Tasche ein zerknittertes Stofftaschentuch und wischte ihm die Tränen ab.

»Helena«, sagte er wieder und deutete auf den Stuhl, den Helena am liebsten gehabt hatte, »Helena.«

Ich ging in die Küche, um Kaffee zu kochen, Kuchen zu schneiden und Luft zu holen.

Als ich mit dem Tablett zurückkam, sagte der Mann mit vor Anstrengung verzerrtem Gesicht: »Nicht, nicht«, und dann rief er wieder: »He-le-na!«

Ich setzte mich verlegen ihnen gegenüber an den Tisch. Vergeblich suchte ich in meinem Gedächtnis nach irgendetwas, was mit diesem Mann und dieser Frau zu tun hatte.

»Sind Sie ein Nachbar?«, fragte ich ihn. Ich bemühte mich, besonders deutlich zu sprechen.

Und er antwortete: »Ja.«

»Sind Sie ein Freund?« Auch diesmal bejahte er.

»Sind Sie ein Onkel?«

»Kennen«, stammelte er, »Mutter.«

Nach einigen Minuten sagte er plötzlich, ohne dass ich etwas gefragt hatte: »Kraków, Przedbórz, Płaszów, Kalwaryjska, Podgórze, Krakusa.«

So reihte Herr Gottesmann Orts- und Straßennamen zu einer Kette, die ich mein Leben lang von meiner Mutter nur einzeln gehört hatte.

Ich schaute ihn aufgeregt an, aber er schwieg wieder.

Um die Situation zu retten, deutete ich auf die Plastiktüte in seiner Hand und fragte: »Was ist das?«

Herrn Gottesmanns Augen leuchteten plötzlich auf. Seine Hände fingen an zu zittern, als hätte die Frage bei ihm einen heftigen Anfall von Parkinson ausgelöst.

»Familie«, antwortete er. »Familie.«

Die Pflegerin lächelte. »Er bringt das Ihnen, er bringt alles Ihnen«, sagte sie.

Zitternd kippte Herr Gottesmann die Tüte aus. Alte Fotos fielen auf den Tisch und verteilten sich wie Spielkarten.

»Bridge«, sagte Herr Gottesmann und lächelte. Aber dann

ließen ihn seine falschen Zähne im Stich, sein Gebiss lockerte sich. Er presste die Lippen zusammen, um die widerspenstigen Zähne im Mund zu behalten. Noch immer verlegen, betrachtete er die vergilbten Fotos, die den Tisch mit Gesichtern, Blicken, Landschaften und Ereignissen bedeckten. Es waren Schwarz-Weiß-Fotos, und sie rochen alt und modrig. Herr Gottesmann hob ab und zu eines der Bilder hoch, manchmal weinte er, manchmal sagte er ein Wort oder zwei.

»*Tate*«*, sagte er plötzlich und deutete auf ein kleines Foto.

Darauf war ein magerer Mann mit schwarzen Haaren und hellen Augen zu sehen, neben ihm stand eine Frau mit kurzen, hellen Haaren, großen schwarzen Augen, hervorstehenden Zähnen, in einem karierten Kleid. Zwischen dem Mann und der Frau, mitten im Bild, ein weinendes Mädchen von vielleicht drei Jahren, in einer weißen Damenbluse, mit einer riesigen weißen Schleife auf dem Kopf. Dann deutete Herr Gottesmann auf ein anderes Foto. Er presste die Lippen zusammen und versuchte, mit Händen und Augen etwas zu erklären, aber ich verstand nicht, was er meinte.

Auf diesem Bild standen drei Männer beisammen, die einander ähnlich sahen wie Brüder, alle in schweren schwarzen Wollmänteln. Zwei von ihnen trugen Baskenmützen, einer eine Schirmmütze und einen dicken Wollschal. Sie lächelten nicht, weder in die Kamera noch einander an.

»Marek, Mischa, Marek«, sagte Herr Gottesmann und hielt mir das brüchige Foto hin. Auf einem anderen, das er mir ebenfalls mit zitternder Hand reichte, stand eine Braut unter einem Hochzeitsbaldachin, das Gesicht hinter dem

* Jidd.: Vater.

Schleier verborgen. Ihr frischangetrauter Ehemann, mager und knochig, lauschte dem Rabbiner. Im Hintergrund war ein kleines Haus zu sehen und zehn dürre und traurige Menschen, die der Zeremonie zuschauten.

»Marek, Mischa, Marek«, wiederholte Herr Gottesmann murmelnd.

»Er Schlaganfall, nachdem Mischa tot«, sagte die Frau und fügte hinzu: »Kopf kaputt, viel kaputt.« Sie streichelte zärtlich die Hand von Herrn Gottesmann, der den Blick nicht von den Fotos wandte.

Lange betrachtete auch ich die Gesichter der fremden Menschen, Menschen von einst, die mich starr und traurig von den vergilbten Fotos anschauten. Ich betrachtete sie frustriert. Sie waren ihr Leben, dachte ich, und mir, ihrer einzigen Tochter, hat sie nichts von ihrer Kindheit und Jugend erzählt, ich kannte weder ihre Eltern noch ihre Familie, ich wusste nichts von ihren Lieben, ihren Leiden und ihren Sehnsüchten, sie war gestorben, ohne dass ich irgendetwas erfahren hätte.

Die Pflegerin unterbrach meine Gedanken. »Das Onkel, Ihr Onkel«, sagte sie, halb als Frage, halb als Feststellung.

»Ich weiß es nicht«, antwortete ich ihr. Sie lächelte. »Schön«, sagte sie, »schön.«

»Nehmen«, mischte sich Herr Gottesmann in das Gespräch, »nehmen.« Aber als ich die Hand ausstreckte, um das angebotene Foto in Empfang zu nehmen, zog er es zurück, steckte es wieder in die Tüte und drückte diese fest an seinen Körper.

»Warum lächelt niemand auf den Bildern?«, fragte ich und deutete auf die Fotos, die noch auf dem Tisch lagen.

Mein Gast lauschte mir aufmerksam. »Helena nicht«, antwortete er und weinte.

Als sie sich verabschiedeten, fiel es Herrn Gottesmann schwer, sich zu beruhigen, er schluchzte immerfort. Die Pflegerin wischte ihm immer wieder die Tränen ab und sagte: »Auf Wiedersehen, bis andermal.«

Herr Gottesmann breitete ein paar brüchige Fotos auf dem Tisch aus und küsste jedes einzelne, bevor er wegging.

Ich machte mich wieder daran, die Wohnung auszuräumen und Sachen zusammenzupacken.

Ich nahm die gestärkten Handtücher, die mir in meiner Kindheit die Haut aufgescheuert hatten, und gebügelte Baumwollbettwäsche aus den Schränken. Und die Bücher, die wie ein Schatz hinter Glas aufbewahrt wurden, damit der Staub und die Zeit ihnen nichts anhaben konnten.

Vom Stauboden holte ich alte Koffer, die dort in Stapeln verstaubten.

»Warum haben wir so viele Koffer?«, hatte ich als Kind einmal gefragt.

»Eines Tages, wenn wir weg müssen«, antwortete meine Mutter, »packen wir alle wichtigen Sachen in die Koffer und gehen.«

Und »bis wir gehen«, lagerte sie in ihnen Papiere, Bankauszüge und Dokumente.

Ein Geruch von Staub und Moder stieg aus ihnen auf. Schnell steckte ich den Inhalt der Koffer in Müllsäcke, da zog ein altes, vergilbtes und brüchiges Stück Papier meine Aufmerksamkeit auf sich.

Sehr geehrte gnädige Frau,
ich bitte Sie hiermit, wegen eines Antrags auf Wiedergutmachung, den Sie gestellt haben, mein Büro aufzusuchen. Zu Ihrer Information teile ich Ihnen Ihre Aktennummer mit …

Genau an dieser Stelle war ein großes Loch im Blatt. Es folgte die Unterschrift: Rechtsanwalt und Notar Menachem Herz.

Ich schaute mich verwirrt um. In der halb ausgeräumten Wohnung befand sich nichts als angeschlagenes Geschirr, Möbel, die am Auseinanderfallen waren, und verschlissene Kleidungsstücke. Ich erinnerte mich genau, wie ich in schweren Zeiten zu einer Mahlzeit das Püree zu essen bekam und zur nächsten die Frikadelle und wie meine Mutter das wenige Geld zählte, das sie verdiente, es in braune Papiertüten verteilte und verkündete: »Das ist für den Lebensmittelhändler, das für den Gemüsemann.« Und wenn die Zeiten etwas besser waren, sagte sie auch noch mit glänzenden Augen: »Und das ist für dich, für die Universität.«

Verwirrt las ich den Brief ein zweites Mal.

An einem schönen Frühlingstag spielten die schöne Racheli Tuchmayer, Roni und ich Murmeln. Chajim Sinnreich näherte sich uns, auf seinen Krücken humpelnd. Arale flüsterte uns zu: »Hört auf zu spielen, der Pfui-Chajim kommt.«

Chajim hatte das Flüstern gehört. »Alle hier im Viertel haben Wiedergutmachung genommen!«, schrie er beleidigt, deutete mit einer seiner Krücken in meine Richtung und fügte wütend hinzu: »Auch deine Mutter hat Wiedergutmachung genommen!«

Seitdem hatte ich Chajim nicht mehr gesehen. Am nächsten Tag verließ die Familie Sinnreich das Viertel.

Tova, Avram und Chajim Sinnreich wohnten im Erdgeschoss eines Hauses mit Garten.

Tante Itta von Theresienstadt war es, die mir erzählte, dass Tova und Avram vor dem Krieg in Warschau gelebt hatten. Jahrelang war Avram in Tova verliebt gewesen, die Nachbarstochter mit den langen braunen Zöpfen und den großen schwarzen Augen. Aber Tova liebte Chajim, Avrams besten Freund, der bei der ersten Aktion umkam.

Hier in Israel, erzählte Itta aufgewühlt, führte das Schicksal die beiden an einem Herbsttag in der Allenby-Straße vor dem Markt wieder zusammen.

»Avram, bist du das?«, fragte Tova überrascht, als sie ihn vorbeigehen sah. »Ich bin's, Tovale!« Und zögernd fügte sie hinzu: »Erinnerst du dich nicht mehr an mich?«

Avram antwortete nicht. Er stellte die Frage, die er schon seit einigen Jahren jedem stellte, den er traf: »Was ist mit meiner Familie passiert?«

Tova schwieg.

»Ich weiß, dass keiner geblieben ist«, sagte er mit gebrochener Stimme, und als sich seine Augen mit Tränen füllten, trat er einen Schritt zurück, drehte sich um und lief davon.

Tova hob den kleinen Koffer, den sie abgestellt hatte, wieder hoch und wollte zur King-George-Straße gehen, zu dem Zimmer, das ihr die Jewish Agency zugewiesen hatte.

Aber da kam Avram wieder zurück. »Tovale!«, rief er. Und dann fragte er sie: »Und deine Familie … ist noch jemand da?« Tova schwieg.

»Auch ich, weißt du, auch ich bin allein«, sagte Avram. »Vielleicht«, schlug er aufgewühlt vor, »vielleicht sollten du und ich zusammen eine Familie gründen.« Und so, mit einem einzigen Koffer in der Hand, kam Tova in unser Viertel.

Und dann, während sie noch einen Schluck Wasser aus dem Glas nahm, das vor ihr auf dem Tisch stand, sagte Itta: »Und sie haben, wie du ja weißt, hier im Viertel eine Familie gegründet.« Sie seufzte.

Tova war eine ausgezeichnete Hausfrau und Avram ein vorbildlicher Ehemann. Im Hof richtete er sich eine kleine Schreinerei ein.

Als ihr Chajim geboren wurde, war die Freude groß.

Aber mit der Freude war es bald vorbei. Chajim bekam hohes Fieber und Krämpfe, und Doktor Wollmann diagnostizierte Kinderlähmung. Tova fuhr fort mit ihrer täglichen Routine. Sie führte einen tadellosen Haushalt: Sie kochte, wusch, kaufte ein und hörte auf zu lächeln.

Avram verbrachte seine Tage damit, nach einer Medizin für seinen Chajim zu suchen.

In den Jahren danach spielte das Leben den Sinnreichs grausam mit. Chajims Beine verkrümmten sich, er benötigte mehrere Operationen, Krankenhausaufenthalte und spezielle Krücken. Die Schreinerei im Hof wurde geschlossen, sie waren gezwungen, ihre wenigen Habseligkeiten zu verkaufen, Möbel, Bücher und Geschirr, um die Behandlungen zu bezahlen.

Ich erinnerte mich noch gut, wie sich die Nachbarn damals, in den schweren Jahren, bemühten, der Familie Sinnreich zu helfen.

Alles, was man selbst aussortierte – Kleidungsstücke, Geschirr, Bücher und sogar Möbel –, stellte man spätabends vor die Tür ihres Hauses.

»Mitleid zeigt man nicht vor aller Augen«, sagte meine Mutter und stellte spätabends einen Petroleumofen vor ihre Tür, für kalte Tage, legte Bettwäsche hin, Decken und manchmal auch etwas zu essen und Medikamente.

Dorka, Guta, Zila und Frau Poliwoda besuchten die arme Tova Sinnreich jeden Tag, damit sie, Gott behüte, nicht der Verzweiflung anheimfiel. Itta lud die Sinnreichs immer ein, mit ihr den Schabbat und die Feiertage zu begehen, und alle Eltern verlangten von ihren Kindern, mit dem gelähmten Chajim achtungsvoll umzugehen.

Als wir in der siebten Klasse waren, an einem verregneten Wintertag, parkte vor dem Haus der Familie Sinnreich ein Auto, ein neuer Sussita.

»Boże mój«, schrie Dorka, als sie von ihrem Fenster aus das Auto sah, und alarmierte damit alle im Viertel.

»Ein Geschenk von einem Verwandten aus Amerika«, versuchte Avram zu erklären.

Tova stand blass und schweigend in der Tür.

Für Dorka, Guta, Zila und Frau Poliwoda stand fest, Familie Sinnreich habe *psiakrew**-Wiedergutmachung von Gott-möge-ihre-Namen-auslöschen erhalten.

Das Gerücht verbreitete sich im Viertel, und viele kamen, um das Auto anzuschauen, sie umringten es und konnten es nicht glauben.

Auch meine Mutter stand dort, inmitten der anderen, sie stand da und schwieg.

* Poln.: Hundeblut.

»Wer hätte das geglaubt? Bei uns im Viertel ein Auto vom Geld der Deutschen!«, rief Sarka. »Jetzt gibt es hier eine Katastrophe.«

Sie rang die Hände und schaute sich erschrocken um, als wolle sie sehen, wer von den Anwesenden wegen der Sünde der Sinnreichs tot umfallen würde. Aber Guta, die Frau des Rabbiners, die verstanden hatte, was Sarka befürchtete, beruhigte sie in entschiedenem Ton: »Ein jeglicher soll um seiner Sünde willen sterben.«

Am Abend desselben Tages wurde ihnen das Fenster mit einem Stein eingeworfen, die Reifen des Autos wurden zerstochen, und meine Mutter verbot mir, wie die anderen Eltern auch, mit dem Sohn vom Pfui-Avram zu spielen.

Man hat ihnen nie verziehen.

In jenem Jahr, an Pessach, verschwanden die Sinnreichs aus dem Viertel.

An dem Tag, an dem sie die Haustür hinter sich geschlossen hatten und ihrer Wege gegangen waren, machte ein Gerücht die Runde, alle drei seien bei einem Unfall mit dem Auto umgekommen, das sie vom Geld der Deutschen gekauft hatten. Keiner vergoss eine Träne.

»Mama, hast du auch Wiedergutmachung genommen?«, fragte ich damals erschrocken. Voller Angst, dass auch sie und ich, wie Chajim und seine Familie, aus dem Viertel vertrieben werden könnten.

»*Tfu!*«, antwortete meine Mutter. »Für mich ist die Schoah nichts, womit man Geld verdient.«

Sonia und Genia kamen herein.

»Wer hat dir diese Unordnung gemacht?«, fragte Genia

und betrachtete die überall verstreuten Papiere, aber sie wartete nicht auf eine Antwort. »Wer war der feine Herr, der dich heute Morgen besucht hat?«

»Und wer war die Dame, die mit ihm gekommen ist?«, erkundigte sich Sonia.

»Ich habe keine Ahnung«, antwortete ich.

»Und wer ist das da auf den Fotos?«, wollte Genia wissen. Sie deutete auf die Fotos auf dem Tisch.

»Ich wünschte, ich wüsste es«, sagte ich frustriert.

»Man muss nicht alles wissen«, beruhigte mich Sonia.

»Was man nicht weiß, tut einem nicht weh«, deklamierte Genia.

Als sie sich setzten, fragte ich sie, ob sie sich an die Familie Sinnreich erinnerten.

»Ja«, sagte Sonia.

»Was ist mit ihnen?«

»Sie sind bei einem Verkehrsunfall ums Leben gekommen«, antworteten beide im Chor.

»Woher wisst ihr das?«

»Jeder, der Wiedergutmachung genommen hat, ist tot«, erklärte mir Sonia. »Frau Minka Marcus ist an dem Tag gestorben, als sie das Geld von den Deutschen bekommen hat. Sie kaufte eine neue Küche und starb. Herr Schleifer hat Wiedergutmachung genommen und aufgehört zu arbeiten und ist gestorben, und auch Itta, die Freundin deiner Mutter, ist tot. Wegen der Wiedergutmachung ist sie in einem Altersheim für reiche Leute verfault.«

»Aber Itta lebt!«, unterbrach ich sie.

»Für mich ist sie tot«, antwortete Sonia gelassen.

»Unsere Itta ist eine arme Frau«, flüsterte Genia mitleidig.

»Sie lebt, nebbich, schon lange ganz allein in irgendeinem kleinen Zimmer.«

»Nicht nebbich«, schimpfte Sonia. »Sie stirbt hier in der Nähe, in einem guten Altersheim, einem Altersheim für reiche Leute, und sie hat ein riesiges Zimmer.«

»Sie hat keine Wiedergutmachung genommen«, korrigierte sie Genia. »Es ist ihr Sohn, der es sich im Leben gut eingerichtet hat.«

Sonia wischte mit einer Handbewegung die Worte ihrer Freundin weg, und Genia wandte sich verlegen an mich und erklärte: »Ittas Gideon wohnt in Amerika, dort hat er eine reiche Frau gefunden, und statt herzukommen und seine Mutter zu besuchen, schickt er viele Dollars, damit er kein schlechtes Gewissen haben muss.«

»Du redest zu viel«, schrie Sonia sie an. »Kaum sagt man Wiedergutmachung, da fängst du gleich mit einer Verteidigung an.« Sie trat näher zu Genia, stellte sich vor sie hin und brüllte: »Itta hat Wiedergutmachung genommen!«

Genia wischte sich, ohne zu klagen, Sonias Spucke aus den Augen.

Ich nutzte die Gelegenheit und fragte: »Und meine Mutter? Hat sie auch Wiedergutmachung genommen?«

»*Tfu!*«, rief Sonia böse. »Wie sprichst du über deine Mutter! Und dabei ist die Schiwa noch nicht zu Ende.«

»Nebbich, Itta, sie hat deine Mutter so geliebt.« Genia kam auf Itta zurück. »Schon seit Jahren hat keiner sie besucht. Wenn du schon hier bist, tu ein gutes Werk und besuch sie.«

Am Abend ging ich zur besten Freundin meiner Mutter, zu Tante Itta von Theresienstadt.

Viele Jahre lang hatte ich geglaubt, »von Theresienstadt« sei ihr Nachname. Sie war die Einzige, die mir die Wahrheit über die anderen Leute des Viertels erzählt hatte.

Diesmal, so hoffte ich, würde mir Tante Itta von Theresienstadt etwas über meine Mutter erzählen.

Entschlossen, alles zu fragen und nicht lockerzulassen, um so viel wie möglich zu erfahren, kam ich im Altersheim an.

Im Speisesaal des Altersheims erkannte ich sie sofort, obwohl sie eine Gehhilfe benötigte und obwohl ihre schönen braunen Augen matt geworden waren, ihre Haare weiß und schütter und die Haut ihres Kinns faltig herunterhing.

Als sie mich sah, brach sie in Tränen aus.

»Wir sind fertig«, sagte sie mit dem vertrauten tschechischen Akzent zu mir, schloss die Augen und schwieg. Nach ein paar Minuten schlug sie vor: »Komm mit in mein Zimmer.«

Das Zimmer war klein, die Möbel waren alt und vertraut. Itta goss Wasser aus einem Elektrokocher in zwei Porzellantassen, füllte Milch in ein hübsches Kännchen, und in eine dazu passende Schale legte sie einen Silberlöffel und ein paar Stücke Würfelzucker und gab Nescafé in die Tassen.

Bedrückende Stille breitete sich im Zimmer aus.

Ich suchte Trost und ließ meinen Blick durch das Zimmer schweifen, bis er an einem Foto von Gideon, Ittas Sohn, und seiner Familie hängen blieb.

»Er ist ein wunderbarer Junge«, sagte Itta, als sie bemerkte, dass ich das Foto auf der Kommode betrachtete. Dann fügte sie stolz hinzu: »Und seine Kinder sind so wohlgeraten.«

»Und die Frau?«, fragte ich.

»Sie ist schön, sie ist sehr, sehr böse und schön«, antwortete Itta und wechselte schnell das Thema. »Und wie geht es dir? Wie sind dein Mann und deine Kinder?«

Während ich von meinen Kindern erzählte, kämpfte Itta immer noch mit den Tränen. »Schade«, sagte sie, »dass sie deine Mutter nicht mehr kennenlernen.«

Und habe ich sie gekannt?, fragte ich mich, und der Schmerz fuhr mir durch den Körper.

Itta wird mir alles erzählen, tröstete ich mich.

Inzwischen hatte Itta es sich im Sessel bequem gemacht, sie schloss die Augen. »Also, was willst du hören, *majn kind*?«, fragte sie und unterbrach meine Gedanken.

»Alles, was du über sie weißt«, antwortete ich.

Itta warf mir einen Blick zu. Sie deutete auf das Porzellan, das sie vorhin auf den kleinen Tisch gestellt hatte, und sagte: »Das ist alles, was mir vom prachtvollen Haus meiner Eltern geblieben ist. Wenn ich Sehnsucht habe, nehme ich das Porzellan aus dem Schrank und trinke Kaffee wie früher, so wie ich es gern habe. Dann trinke ich und weine.« Doch sofort wies sie sich selbst zurecht: »Was erzähle ich dir für einen Unsinn.« Sie sprach weiter: »Deine Mutter war eine sehr intelligente Frau. Gebildet. Sie sprach mehrere Sprachen, sie hat gern gelesen, sie hat viele Dinge geliebt, aber dich«, sagte sie aufgewühlt, »dich hat sie über alles geliebt, sie hat nur für dich gelebt, du warst alles für sie. So ist es bei einer Mutter von dort, was hatte sie schon in ihrem Leben? Dich und all ihre schlimmen Erinnerungen.«

Dann entschuldigte sie sich: »Mach dir keine Sorgen, ich werde dir noch alles erzählen, was du willst, ich werde dir sogar erzählen, was deine Mutter gern gegessen hat.« Überraschend flink erhob sie sich, und mithilfe eines Gehstocks, der in der Zimmerecke stand, zog sie einen alten Schuhkarton unter ihrem Bett hervor. Aus dem Karton nahm sie ein Heft mit alten Flecken von Öl, Schokolade und allen möglichen Gewürzen. Auf den dünnen, zerknitterten Umschlag hatte Itta irgendwann mit Bleistift geschrieben: »Rezepte«. Während sie darin blätterte, erhaschte ich bekannte Rezepte, von denen jedes einen Namen trug: Kuchen von Frau Tuchmayer – Tscholent von Ida Zitrin – Gehackte Leber von Dorka.

»Deine Mutter«, sagte sie sehnsüchtig, »war eine Spezialistin für Griebenschmalz, sie hat mir zu Neujahr immer Schmalz in einem Joghurtbecher gebracht, an Chanukka hat sie für mich Krapfen gebacken, ihre *pontschkes* mit Konfitüre, und an Pessach brachte sie für die ganze Familie Gefilte Fisch und *lokschn* aus Mazzemehl.« Itta seufzte. »Wie die Zeit vergeht, es war doch erst gestern.« Plötzlich lächelte sie. »Im Viertel sagte man immer, deine Mutter habe gute Rezepte und verbrannte Kuchen. Na ja, wer Kuchen liebte, musste bei Frau Tuchmayer Kaffee trinken. Bis heute habe ich den Geruch von ihren *rogelach* in der Nase und im Mund den Geschmack von Kakao. Ich selbst habe am liebsten Gulasch gekocht. Ich habe keinem das Rezept verraten. Jedem, der es haben wollte, gab ich Gulasch. Warum sollten sie sich abrackern und es doch nicht hinbekommen?«

Ich versuchte, sie wieder zum Thema zurückzuführen. »Aber was weißt du über meine Mutter?«

Sie nahm einen Schluck Kaffee und lächelte wieder. »Dreimal am Tag ist sie zu Efraims Laden gegangen. Morgens ging sie hin, um den Duft von frischem Brot zu riechen, mittags, um einzukaufen, was sie brauchte, und abends, um das zu holen, was ausgegangen war, damit sie für den nächsten Tag etwas zu essen hatte.«

Plötzlich war das Lächeln von ihren Lippen wie weggewischt, sie wurde ernst. »Sie hatte es schwer – eine Witwe, allein in der Welt, ohne irgendjemanden, nur mit einer kleinen Tochter und ein paar Nachbarn. Eine Frau mit *a grojsser koved**, eine Frau, die nicht um einen Preisnachlass gebeten hat, die keine Gefälligkeiten wollte, von niemandem, auch wenn sie ein Anrecht darauf gehabt hätte, und sogar für dich, die du heute sehr reich sein könntest, hat sie keine – tfu – Wiedergutmachung von den Deutschen genommen.«

Ich atmete erleichtert auf.

»Tante Itta«, fragte ich, in der Hoffnung, weitere Informationen zu bekommen, »was weißt du über ihre Familie?«

»Wie sollte ich etwas wissen?«, antwortete sie. »Schließlich komme ich aus der Tschechoslowakei.«

»Ich weiß, dass du keine Polin bist, dass du nicht aus ihrer Stadt kommst und dass du im Krieg nicht mit ihr zusammen warst«, sagte ich. »Aber bestimmt weißt du irgendetwas.«

»Willst du noch Kaffee?«, bot Itta an.

»Wer ist Gottesmann?«, fragte ich weiter, ohne auf ihr Angebot einzugehen. »Was weißt du von Gottesmann?«

»Gottesmann?« Itta wiederholte den Namen, überlegte eine Weile und sagte dann entschieden: »*Mejdele*, so einen Mann gibt es nicht, da musst du dich irren.«

»Vielleicht«, versuchte ich es noch einmal, »vielleicht er-

* Jidd.: Große Ehre.

innerst du dich noch an irgendjemand von dort, egal, an wen, einen Freund, einen Verwandten, einen Nachbarn.«

»Natürlich erinnere ich mich, ich kannte sie alle«, erwiderte Itta fröhlich.

»Und wer war das, alle?«, fragte ich neugierig.

»Da gab es einen gewissen Leo Petruschka«, sagte sie, und diesmal holte sie weiter aus. »Er war ein großer Schriftsteller in Krakau, sehr berühmt, der Ärmste, noch vor dem Krieg ist er an Multiple Sklerose erkrankt.«

Auch ich erinnerte mich an Leo Petruschka.

Zweimal im Jahr, wenn Leo Petruschkas Besuch bei uns bevorstand, zog sich meine Mutter festlich an, was sie sonst nicht tat, sie ließ sich beim Friseur die Haare machen und lief in einem Kostüm und mit hohen Absätzen in der Wohnung herum.

Onkel Leo kam, in einem dunklen Anzug, mit einer bunten Krawatte und einem Hut auf dem Kopf, und jedes Mal brachte er Helena etwas mit, eine Kette, einen Ring oder einen Armreif.

»Herzlichen Glückwunsch zum Geburtstag«, sagte er gefühlvoll und küsste ihr die Hand. Dann trippelte er mit kleinen, vorsichtigen Schritten ins Wohnzimmer.

Helena eilte in die Küche, dort zog sie sich heimlich die Lippen nach und legte eine zusätzliche Schicht Rouge auf, während das Wasser im Kessel kochte. Inzwischen setzte sich Onkel Leo in den alten Sessel, atmete tief ein und seufzte.

»Nur deine Mutter«, flüsterte er mir heimlich zu, damit sie es, Gott behüte, nicht hörte, »hat zweimal Geburtstag, einmal am 8. Mai, als die Deutschen kaputtgingen, und einmal am 21. August, als du auf die Welt kamst.«

So verriet er mir in seinem holprigen Hebräisch, wann meine Mutter ihre zwei Geburtstage hatte.

Und wenn er sprach, bemerkte ich jedes Mal wieder aufs Neue die Schönheit seiner Gesichtszüge, seine gütigen Augen und sein warmes Lächeln.

Kurz darauf kam meine Mutter ins Wohnzimmer und servierte ihm heißen Tee in einem dünnwandigen Glas, das nur bei seinen Besuchen benutzt wurde.

Sie setzte sich ihm gegenüber auf das Sofa. Er nahm einen Schluck, räusperte sich und begann, von seiner schrecklichen Krankheit zu berichten, die er als junger Mann bekommen hatte, und von Lola, seiner guten Frau, die ihn seit ihrer Heirat hingebungsvoll pflegte.

Helena saß starr und schweigend da, ihr Blick versank in seinen traurigen schwarzen Augen.

Das war immer der Zeitpunkt, an dem ich sie allein ließ und leise aus dem Zimmer verschwand.

Und bevor er ging, sagte er immer: »Du weißt nicht, was deine Mutter einmal war. Wir sind seit dem Kindergarten gute Freunde, wir kannten uns schon als ganz kleine Kinder.« Und dann fügte er hinzu: »Wir fanden einander viele Jahre nach dem Krieg wieder.« Noch einmal atmete er tief ein und seufzte. »Früher waren wir wie Mann und Frau.«

Meine Mutter mischte sich ein und flüsterte mir verlegen zu: »Er ist verwirrt, wegen der Krankheit.«

Wenn er das Haus verließ, stand sie hinter dem geschlossenen Fensterladen und schaute ihm durch die Ritzen nach, wie er langsam davonging.

»Itta«, fragte ich, »haben sie sich mal geliebt?«

»Und wenn sie sich geliebt hätten, was wäre schon dabei?«

Ich ließ nicht locker. »Waren sie verlobt? Waren sie verheiratet? Hatten sie Kinder?«

Itta senkte den Blick und räumte schnell das Porzellangeschirr zusammen. Sie stellte alles in das kleine Waschbecken und machte sich sofort daran, es abzuspülen. Mit dem Rücken zu mir sagte sie: »Was man nicht weiß, *majn kind*, tut einem nicht weh.« Dann schwieg sie.

»Was man nicht weiß, tut erst recht weh«, brach es aus mir heraus.

Itta fuhr fort zu spülen. Ihre Bewegungen waren nun schneller, ihre Hände zitterten.

»Ich bin aus der Tschechoslowakei, ich bin doch aus der Tschechoslowakei«, sagte sie wieder und wieder. »Wie sollte ich etwas wissen?«

»Auf Itta kann man sich verlassen«, hatte meine Mutter immer mit großer Zufriedenheit gesagt.

»Itta, du bist wirklich eine gute Freundin«, sagte ich.

Da erst stellte die alte Frau die Tasse zurück ins Becken und schaute mich an, und mit Tränen in den Augen sagte sie: »Ich vermisse sie so sehr.« Mit nassen, schaumbedeckten Händen wischte sie sich die Tränen ab. »Komm mich oft besuchen«, bat sie und versprach: »Ich werde dir alles erzählen.«

Ende des vierten Tages der Schiwa.

Der fünfte Tag

Morgens

Das Wetter hatte sich geändert, ein herbstlicher Wind war aufgekommen, das Licht grau und der Himmel mit dünnen Wolken bedeckt.

Am Ende der Straße, in der ich früher gewohnt hatte, in einem kleinen Garten hinter einem alten Holztor, stand ein alter Mann mit weißen Haaren und krummem Rücken. In den mageren Händen hielt er einen langen, schweren Wasserschlauch und spritzte nach allen Seiten Wasser, wobei er mit einem Finger der rechten Hand vergeblich versuchte, den Strahl zu dirigieren. Das Wasser spritzte über die Beete im Garten, über Gemüse und Blumen, auf den nackten Mispelbaum und auf seine Kleidung.

Joschi Postawski gießt noch immer seine Blumen, dachte ich erstaunt und blieb stehen, ich wollte den vertrauten Anblick in mich aufsaugen.

Früher stand Joschi Tag für Tag in seinem kleinen Garten und goss seine Blumen. Auch wenn Regen auf seinen Kopf tropfte, auch wenn seine Füße im Matsch versanken, goss Joschi unverdrossen, fleißig und still seine Blumen.

Nur einmal im Jahr, am Vorabend des Schoah-Gedenktags, drehte Joschi den Wasserhahn in seinem Garten nicht auf.

Jedes Jahr wieder riss er an diesem Abend mit zitternden Händen die Blumen heraus, die er so liebevoll gepflegt hatte.

Mit gezielten, raschen Bewegungen riss er sie erbarmungslos aus und warf sie alle neben den Mispelbaum.

Dann wischte er sich den Dreck von der Kleidung, schüttelte den Sand von seinen Schuhen und ging schnell zurück ins Haus.

Am nächsten Morgen, dem Schoah-Gedenktag, kamen Dorka, Efraim, Mirjam, Sarka, Ruben, Itta und andere Nachbarn zu Joschis Garten.

Einer nach dem anderen kamen sie, blieben einen Moment stehen, schauten sich um, um sicherzugehen, dass wir, die Kinder, sie nicht in ihrer Trauer beobachteten. Erst dann gingen sie in den nackten Garten und legten verlegen einen Zweig auf den Blumenhaufen, eine Blume oder ein Bild. Bevor sie wieder gingen, wischten sie sich die Tränen ab, damit die Kinder nichts von der Trauer merkten, die an ihren Herzen nagte.

In mich versunken, stand ich da und schaute ihm zu.

Plötzlich spürte Joschi, dass er beobachtet wurde. Er drehte sich um, und für einen Moment sah ich die Furchen, die das Alter und das Leid in sein Gesicht gegraben hatten. Ein grauer, erloschener Blick traf meinen.

In meiner Erinnerung stieg ein anderer grauer Blick auf, dem Joschis so ähnlich, aber anders und viel vertrauter – der Blick Ronis.

Der schöne Roni, der Sohn von Joschi und Mina, hatte ein warmes Lächeln, und seine goldblonden Haare fielen ihm über die großen grauen Augen.

In der ersten Klasse fragte die Lehrerin Roni: »Was willst du machen, wenn du mal groß bist?«

»Dirigieren«, antwortete er.

»Ein Orchester?«

»Nein«, antwortete er, »ich werde siegreich Kriege dirigieren.«

Von allen seinen Siegen erinnerte ich mich in diesem Moment ausgerechnet an die Lag BaOmer-Feier 1966.

In jenem Jahr verkündete Herr Schatz, der Direktor der Schule, er wolle einen Wettbewerb veranstalten, für das größte Lagerfeuer, und er versprach den Siegern eine Goldmedaille.

Schon viele Tage vor dem Fest bereiteten sich alle auf den Wettkampf vor.

Roni war fest entschlossen, den Preis zu gewinnen.

Er wusste, dass es im Wohnzimmer von Fanny Pfeffer, der Mutter von Pe'er, dem Stotterer, ein Büfett aus Österreich gab, und jedes Mal, wenn sie am Büfett vorbeikam, spuckte Fanny Pfeffer aus und sagte: »Verbrennen soll es, das Büfett der Deutschen.«

Roni wusste auch, dass Fanny jedes Jahr vor Lag BaOmer einen heftigen Asthmaanfall bekam, ihr Haus im Viertel verließ und in ein Erholungsheim der Krankenkasse fuhr, zusammen mit allen anderen Nachbarn, von denen man sagte, sie hätten in ihrem Leben schon mehr als genug Feuer gesehen.

Als die Lag BaOmer-Feier 1966 näher rückte, überredete Roni Pe'er, den Stotterer, sich an diesem Abend gemeinsam mit ihm vom Lagerfeuer der Klasse wegzuschleichen und das Büfett zu verbrennen, von dem Fanny sowieso wollte, dass es verbrannte, und dann, versprach er Pe'er, würden sie beide die Goldmedaille gewinnen.

Am Abend des Festes füllte sich der Schulhof mit winzigen Lagerfeuern.

Die Kinder, die ihre Flammen mit Petroleum und Brettern anfachen wollten, wurden von den wachsamen Eltern daran gehindert. Nur Roni und Pe'er entwischten den aufmerksamen Blicken und steckten am Rand des Schulhofs ungehindert das Büfett in Brand. Schon zu Beginn des Abends hatten alle gewusst, dass Roni und Pe'er den Preis gewinnen würden.

Nach Mitternacht, als unsere Lagerfeuer schon gelöscht waren und alle sich anschickten, nach Hause zu gehen, war Sarkas Aufschrei zu hören: »Hilfe! Feuer! Das Viertel brennt!«

Die Eltern und die Kinder drehten sich um und sahen, dass Ronis und Pe'ers Lagerfeuer nicht ausgehen wollte, die Flammen breiteten sich aus, ergriffen den Zaun der Schule und wurden vom Wind auf die nahe Autobushaltestelle zugetrieben.

Trotz der späten Stunde und trotz der Panik fassten sich die Bewohner des Viertels.

Die alte Soscha kam mit einem Eimer Wasser, Dorka erschien mit einem Schlauch und suchte nach einem Wasserhahn.

Mirjam, Itta und Chava kämpften mit Decken und Sand gegen die Flammen und verfluchten Fannys Büfett, das sich nicht ergeben wollte, und meine Mutter, die mich fest an der Hand hielt, flüsterte trocken: »Es brennt gut, man sieht, dass es ein deutsches Büfett ist.«

Die Feuerwehr kam mit lautem Sirenengeheul angefahren, und mit ihren Schläuchen hatte sie die Flammen bald gelöscht.

Obwohl das Feuer nun aus war, hingen noch lange Rauch und Brandgeruch in der Luft, und an der Stelle, wo das Feuer gebrannt hatte, glomm noch die Glut auf der schwarzen Erde. Herr Schatz, der Direktor, stand blass und bestürzt neben den Resten des Feuers. Die Menschen auf dem Schulhof schauten ihn vorwurfsvoll an, und meine Mutter konnte sich nicht zurückhalten und empfahl Direktor Schatz, bei dieser feierlichen Gelegenheit doch Roni und Pe'er die Medaille für ihr Lagerfeuer und ihren Heldenmut zu überreichen.

Herr Schatz verkündete verlegen und mit lauter Stimme, der Wettbewerb sei abgesagt, aber der enttäuschte Roni gab nicht klein bei. »Ich brauche Ihren Preis nicht!«, schrie er. »Ich werde sowieso einen Orden vom Generalstabschef bekommen!«

»Soldaten«, rief Roni zu Beginn der Siegesfeier, die nach dem Sechstagekrieg in der Schule abgehalten wurde, »seid gesegnet, Soldaten, und gesegnet sei Israels Verteidigungsarmee, die uns Leben und Erhaltung gegeben hat und uns diese Zeit erreichen ließ.«

Im Schulflur hängte Roni Bilder von allen Generälen auf, und der Schulbücherei spendete er alle Zeitungen, die über den Sieg berichtet hatten, und alle Bildbände, die diesen Krieg verherrlichten, und auf seinen Schreibtisch zu Hause stellte er Pappmodelle von Mirage-Flugzeugen.

Während sein Vater den Garten goss, lehnte Roni am Stamm des Mispelbaums und deklamierte laut die berühmte Rede von Gorodish, dem General, den er am meisten bewunderte.

»Wir haben dem Tod ins Auge gesehen, und er hat den Blick gesenkt. Denn als Juden haben wir gekämpft. Für unser Leben haben wir gekämpft. Voller Zorn haben wir gekämpft.« Und Joschi schaute durch ihn hindurch und goss schweigend weiter seine Blumen.

An einem Abend, gegen Ende unserer Schulzeit, ging Roni mit Racheli und Chemda aus, sie liefen durch die dunklen Straßen von Jaffa.

»He, ihr Püppchen«, riefen ein paar Rowdys, die dort auf einem Geländer saßen, und einer von ihnen zwickte Chemda in den Po.

Roni versetzte ihm eine schallende Ohrfeige. »Im Krieg verhalte dich wie im Krieg«, sagte er stolz zu den Mädchen. Sie gingen weiter, doch nach wenigen Schritten stürzten sich die Rowdys auf ihn. Roni versuchte, den Schlägen auszuweichen, rutschte aus, und eine Eisenstange spaltete seine Stirn.

Sein Leben war in Gefahr.

Nach einigen Monaten wurde Roni aus dem Krankenhaus entlassen, mit einem großen Loch in der Stirn und verminderter Denkfähigkeit.

Er lief durch die Straßen des Viertels, und jedem, der bereit war zuzuhören, erzählte er, er sei ein Held, er sei im Kampf gefallen und am Leben geblieben, er allein, ohne Hilfe von anderen, habe zwei israelische Soldatinnen vor dem sicheren Tod auf dem Schlachtfeld bewahrt.

Als der Jom-Kippur-Krieg ausbrach, lief Roni durch die Straßen des Viertels und erteilte Befehle an von ihm fantasierte Kämpfer.

»Feuer auf das Ziel!«

»Ein Flugzeug nähert sich der Stellung!«

Ungeschützt lief er das Sträßchen entlang und rapportierte dem Generalstabschef, was auf dem Schlachtfeld vor sich ging: »Hier Postawski, momentan ist alles ruhig, keine Truppenbewegung hier am Stützpunkt, *over*, ich beherrsche die Lage, *over*.«

Nach Ende des Kriegs verkündete er allen, denen er begegnete, dass der Generalstabschef ihm bald den Orden für Tapferkeit im Kampf verleihen werde.

Ronis Mutter starb kurz nach dem Krieg.

Noch bevor sie die Welt verließ, sorgte sie dafür, dass ihr Roni in einem guten Heim unterkam.

Joschi hielt die Stellung. Er goss seine Blumen, die am Schoah-Gedenktag zu einem Blumenkranz wurden.

Jedes Jahr kam Roni für den Schoah-Gedenktag aus dem Heim ins Viertel.

Einige Minuten bevor die Sirene erklang, sah man ihn festlich gekleidet die Treppe des Hauses herunterkommen und langsam durch den nackten Garten gehen, bis der Klang der Sirenen die Luft zerschnitt. Dann baute er sich in Habachtstellung vor dem Mispelbaum auf und salutierte den Blumen, die sein Vater dort aufgehäuft hatte.

Wenn die Sirene sich beruhigte und es wieder still wurde, kehrte Roni mit kleinen Schritten und mit gesenktem Kopf zur Treppe zurück. Dort setzte er sich auf die oberste Stufe und starrte bis zum Ende des Gedenktags vor sich hin.

Die Ruhe des Schabbat und die Heiligkeit des Jom Kippur umhüllten das Viertel am Vorabend des Schoah-Gedenktags.

Die Familien versammelten sich in ihren Wohnungen, alle Fenster und Fensterläden wurden geschlossen, für alle wurde es Nacht, noch bevor die Sonne untergegangen war.

Und die Dunkelheit dieses Abends wurde in allen Zimmern von den gelben Flämmchen der Seelenlichter erleuchtet.

Am nächsten Tag, am frühen Morgen, liefen die Kinder, gekleidet in Blau und Weiß, zur Gedenkzeremonie auf dem Schulhof.

Dovele drückte seine Geige an sich, Ascher Lewinger summte: »Sag nie, du gehst den letzten Weg«, und Roni deklamierte mit viel Pathos: »Dank meiner Augen, die verwaiste Eltern gesehen …«

Die Kinder versammelten sich auf dem Schulhof, im ganzen Viertel war es völlig still. Das Schulmikrofon zerschnitt die Stille.

»Eins, zwei, drei – Probe!«, brüllte Schamaj, der Hausmeister, und nachdem er ein paarmal »Probe« gedonnert hatte, verkündete er mit lauter Stimme: »Meine Damen und Herren, die Zeremonie zum Schoah-Gedenktag beginnt!«

Die Zeremonie wurde von Dovele mit klagenden Geigenklängen eröffnet. Während seines Spiels setzte Schalom, der Sportlehrer, die israelische Flagge am Baumstamm, der an diesem Tag als Fahnenmast diente, auf halbmast.

»Kommen wird noch die von uns ersehnte Stunde …« Aschers Lied, vom Mikrofon verstärkt, erfüllte das ganze Viertel.

Aus dem ganzen Viertel eilten die Menschen zum Schulhof. Zila, Guta und Frau Poliwoda gingen dicht nebeneinander, als fürchteten sie, allein zur Gedenkfeier zu kommen, und hinter ihnen liefen Mirjam und Sarka. Efraim, der für diesen Anlass seinen Lebensmittelladen beizeiten geschlossen hatte, rief Dorka, seiner Frau, zu, sie solle sich, Gott behüte, ja nicht verspäten und rechtzeitig zur Zeremonie kommen, aber Dorka, wie um ihn zu ärgern, ging sehr langsam und summte die ganze Zeit: »Sag nie, du gehst den letzten Weg.« Ruben schloss seinen Gemüseladen, Malkales Mutter kam verschwitzt auf ihrem Dreirad an, und sofort nach ihr erschien Ida, die Kosmetikerin, mit ungeschminktem Gesicht. »An diesem Tag will ich nicht schön sein«, erklärte sie, und Dorka tröstete sie mit übertriebener Freundlichkeit: »Mach dir keine Sorgen, auch an den anderen Tagen bist du nicht so schön.« Arm in Arm wie ein Liebespaar kamen Lea Bittermann, die Maniküre, und Sajtschik, der Friseur. Unter den Versammelten war auch *Alte-Sachen*-Lejser, der seinen Pferdewagen vor dem Schultor abgestellt hatte, und neben ihm stand Jacek-schleift-billig-Messer-und-Scheren. Alle standen sie beieinander und schauten der Zeremonie zu.

Mischka, unser Fotograf, der bei allen Gelegenheiten die Kinder des Viertels fotografierte und dann die Eltern drängte, die Bilder zu kaufen, kam am Schoah-Gedenktag mit seiner schweren, schwarzen Kamera zur Schule. Während der ganzen Zeremonie, sogar wenn die Sirene ertönte, lief er auf dem Schulhof herum und fotografierte.

»Heute ist es umsonst«, versprach er den Eltern, »an schlimmen Erinnerungen will ich nichts verdienen.«

Gegen Ende der Zeremonie nahm Ascher wieder das Mikrofon. »Mein Gott, mein Gott, es möge nie enden …«, und alle sangen zusammen mit Ascher – manche laut, manche leise und manche weinend, bis sich der Schulhof wieder leerte.

»Hiermit teile ich Ihnen mit, dass meine Tochter am Schoah-Gedenktag nicht zur Schule kommen wird«, schrieb meine Mutter jedes Jahr an meine Lehrerin.

»Ausgerechnet du sollst an diesem Tag nicht zur Schule kommen?« Pola, die Lehrerin, schaute mich mit hochgezogenen Augenbrauen über ihre Brille hinweg an.

Und ich wusste, dass sie auch diesmal in der Pause zu mir kommen würde. »Das ist in Ordnung«, würde sie mir zuflüstern, »an diesem Tag kann deine Mutter nicht allein sein.«

»Das ist mein Ruhetag«, verkündete meine Mutter an jedem Schoah-Gedenktag und erklärte: »Heute muss ich nicht weinen.«

Wenn die Sirene erklang, verschwand sie in der Küche. »Diese Sirene gilt nicht für mich«, sagte sie zu sich selbst. »Heute muss ich nicht weinen, heute weinen alle anderen.« Sie wischte sich mit einem groben Küchenhandtuch den Schweiß vom Gesicht.

Die Sirene heulte, und ich stand am Fenster meines Zimmers. Ich schaute hinaus, um zu sehen, wie der Verkehr zum Stillstand kam, und prüfte sorgfältig, ob wirklich keiner da draußen die Stille störte.

Wenn die Sirene verklang, blieb ich noch immer am Fenster stehen. Ich wartete auf den Moment, der mir am Schoah-Gedenktag der liebste war.

Jedes Jahr, nach der Sirene, kam Doktor Wollmann aus seiner Praxis. Ein großgewachsener Mann mit vollen, weißen Haaren, ein Stethoskop um den Hals, eine Ledertasche voller Medikamente in der Hand und einer Pfeife im Mund, aus der weiße Rauchringe aufstiegen.

Von meinem Fenster aus betrachtete ich ihn, den Arzt in Weiß, wie er durch die menschenleere Straße ging. Im Hintergrund waren Flötenklänge und Aschers engelhafte Stimme zu hören.

»Es brent, brider, es brent, oj, undser orem schtetl brent …« Doktor Wollmann ging von Haus zu Haus, um Itta von Theresienstadt Erste Hilfe zu leisten, Efraim, Sarka, Zila und noch anderen Qualen leidenden Nachbarn, die sich nach der Zeremonie in ihren Häusern verkrochen hatten.

Und ich wusste, dass Doktor Wollmann bald auch bei uns auftauchen würde.

Ich sah, wie er näher kam, und stellte mir vor, der Messias komme zu uns. Wenn ich seine schweren Schritte auf der Treppe hörte, stellte ich mich aufgeregt mitten ins Zimmer, bereit für den Moment der Gnade. Und dann stand Doktor Wollmann in der Tür und fragte mit besorgtem Blick: »Wie geht es dir, mein liebes Mädchen?«

Er schaute mir in die Augen, um sich zu vergewissern, dass es mir gutging, und hörte sich aufmerksam an, was ich sagte. Während er sich noch mit mir unterhielt, wusste ich, dass sich meine Mutter in der Küche schon beruhigt hatte. Dort, auf dem Herd, kochte dampfende Suppe in einem riesigen Topf.

Nachdem er mich begutachtet hatte, ging Doktor Wollmann sofort zu meiner Mutter in die Küche.

»Warum soll das Mädchen nicht wie alle anderen zur Zeremonie gehen?«, erkundigte er sich jedes Mal behutsam.

»Sie hat genügend Gedenktage«, hörte ich meine Mutter entschieden antworten. Die kleine Küche füllte sich mit dem Rauch der Pfeife und dem Dampf der Suppe.

Wenn Helena dann das Fenster öffnete, um den Rauch und den Dampf zu vertreiben, sagte sie: »Sie hat keinen Onkel, sie hat keine Tante, sie hat weder Großmutter noch Großvater, sie hat überhaupt keine Familie, deshalb hat sie an jedem Schabbat, an jedem Geburtstag, an jedem Feiertag und an jedem normalen Wochentag einen Gedenktag. Warum sollte sie dann nicht wenigstens an einem Tag im Jahr frei haben?«

Der Arzt schwieg.

Sie schöpfte ihm eine große Portion Suppe in einen Teller. Er aß nur wenig, dann legte er ihr liebevoll den Arm um die Schulter und fragte: »Gibt es etwas, was ich für Sie tun kann?«

Sie rührte wieder in der Suppe. »Ja«, sagte sie, ohne zu zögern, »legen auch Sie eine Blume zu dem Kranz, den Joschi in seinem Garten aufgehäuft hat. Sie wissen doch, nur dort, nur an einem Tag im Jahr, gibt es einen Friedhof für sechs Millionen Menschen.«

Vom Fenster aus sah ich, wie Doktor Wollmann eine Blume im Garten pflückte, zu Joschis Haus hinüberging und sich mit dem Ärmel seines weißen Kittels über das Gesicht wischte, damit niemand die Tränen sah, die ihm aus den Augen liefen.

Ende des fünften Tages der Schiwa.

Der sechste Tag

In den Nachmittagsstunden

Ich kehrte in die Wohnung meiner Mutter zurück.

Ein Junge von sieben oder acht hüpfte die Straße entlang, in kurzen Hosen, Sandalen und einem T-Shirt.

»Judale Poliwoda!« Mein Herz stockte.

Dann tauchte auch Chajale am Ende der Straße auf.

»Bevor alles verschwindet, will ich Adam noch einmal das Viertel zeigen, nach dem Rundgang kommen wir zu dir«, hatte sie mir vor drei Tagen angekündigt, bevor wir uns voneinander verabschiedeten, und hatte mit einem Lächeln hinzugefügt: »Mach mir dann eine Tasse Kaffee, und gib mir eine Beruhigungspille.« Jetzt sah ich, wie sie ihren Sohn an die Hand nahm und wie die beiden Hand in Hand die Straße entlanggingen.

Ich betrachtete sie.

Mutter und Sohn, eine kleine Familie.

»Ein Mensch, der keine Frau hat, ist kein Mensch, denn es heißt, als Mann und Frau erschuf er sie und nannte sie Mensch.« Das hatte uns Pola beigebracht, die kinderlose Lehrerin, und hämmerte uns ein: »Vor allem ist es eure Pflicht, zu heiraten, Familien zu gründen und Kinder auf die Welt zu bringen, erst dann seid ihr Menschen.«

»Und warum haben Sie keine Familie?«, fragte Dovele neugierig.

»Auch mein Tag wird kommen«, antwortete Pola und fügte hinzu: »Vorläufig bin ich die Letzte auf Gottes Liste.«

Wenn Pola wüsste, dachte ich, dass Chajale, ihre Schülerin, keinen Mann hat und ihr Sohn keinen Vater, hätte sie sich sofort darangemacht, einen Bräutigam für sie zu suchen.

»Eine alleinerziehende Mutter ist keine Familie«, hätte sie gesagt, »sondern ein Fluch.«

»Bei Pola ist es wie eine Krankheit«, hatte Itta einmal gesagt und erzählt, seit dem Krieg finde Pola keine Ruhe, wenn sie einen Witwer, eine Witwe oder ein Waisenkind treffe.

»Wie viele Zimmer hat eure Wohnung? Wie viele Geschwister hast du? Was machen deine Eltern?«

Das fragte mich Pola, die Lehrerin, zu Beginn der vierten Klasse, vor allen anderen.

»Wir haben zwei Zimmer, ich habe keine Geschwister, meine Mutter arbeitet als Krankenschwester in der Krankenkassenambulanz, und mein Vater ist weit weggefahren«, antwortete ich.

Sie schaute mich scharf an und fragte: »Wird er zurückkommen?«

Und einmal, als ich von der Schule nach Hause kam, hörte ich drinnen die Stimme von Pola, der Lehrerin.

»Das ist genau der Richtige für Sie«, sagte sie aufgeregt zu meiner Mutter. »Ein gebildeter Mann, klug und gutherzig, *a mentsch*«, und dann fügte sie hinzu: »Herr Pschigurski ist wirklich wie für Sie geschaffen.«

Ich blieb an der Wohnungstür stehen.

Ich sah Herrn Pschigurski, meinen Stiefvater, im verblichenen Pyjama herumlaufen, mit mageren, zitternden Händen, und *»oj wej, oj wej«* rufen, und ich stellte mir vor, wie ich mein ganzes weiteres Leben in einem dämmrigen Haus zwischen vergilbten und verschimmelten Büchern würde verbringen müssen.

»Ihre einzige Tochter«, hörte ich Polas drängende Stimme, »würde eine Schwester bekommen. Pschigurskis Chemda ist ein sehr geselliges und nettes Mädchen.«

Ich wollte ins Zimmer stürzen und schreien, dass Chemda Pschigurski ein seltsames Mädchen sei, dass ihre Mutter verrückt gewesen sei und sich umgebracht habe und dass die anderen Kinder Chemda, weil sie die Größte war, verspotteten, sie würde nachts ihre Mutter in den Wolken besuchen.

Aber ich blieb wie angewurzelt an der Tür stehen und betete, dass Herr Pschigurski nicht der Bräutigam meiner Mutter würde und Chemda nie meine Schwester.

»Danke«, hörte ich meine Mutter ruhig antworten, »Herr Pschigurski ist wirklich eine gute Partie, aber ich habe eine Bedingung –«

»Alles, was Sie wollen«, fiel ihr Pola aufgeregt ins Wort.

»Der Bräutigam muss sich eidesstattlich verpflichten, noch vor der Hochzeit, dass er erst nach mir stirbt«, erklärte Helena in sachlichem Ton.

»Was?«, stieß Pola hervor, mit erstickter Stimme. Sofort danach verließ sie eilig das Haus. Als sie an mir vorbeilief, zeigten mir ihre weit aufgerissenen Augen, dass irgendetwas nicht in Ordnung war.

Kurze Zeit später stürmte Tante Itta von Theresienstadt in unsere Küche.

Lange schrie sie auf Jiddisch, stampfte mit dem Fuß auf und versprühte Spucke wie Funken.

Ich verstand kein Wort, in dem ganzen Geschimpfe hörte ich nur immer wieder den Namen Pschigurski heraus.

Meine Mutter sah sich Ittas Ausbruch gelassen an.

Dann, als Itta sich langsam beruhigte, holte meine Mutter aus der Küchentischschublade einen kleinen Kalender und blätterte darin. »Am ersten Januar ist die Jahrzeit von Pepa, am zweiten der Gedenktag von Kube, am dritten dieses Monats der von Selig, am vierten gedenke ich meines Vaters, am fünften ist der Gedenktag von Golda, danach kommt der meiner Mutter, nach ihr Nina … Sogar am Schabbat«, betonte sie, »habe ich keine Ruhe.« Sie stand da und zählte alle Namen auf, die in dem kleinen Kalender standen.

Als sie fertig war, legte sie den Kalender zurück in die Schublade.

»Du siehst«, sagte sie zu Itta, »ich habe keinen Tag frei für noch eine Jahrzeit, und ich habe keinen Platz für ein weiteres Seelenlicht.« Mit zitternder Hand deutete sie hinüber zur Kommode, wo, wie immer, Seelenlichter aufgereiht waren.

Itta schwieg, und meine Mutter fing an, die getrocknete Wäsche zusammenzulegen, die sie auf dem Bett aufgestapelt hatte.

Damals fand auch ich einen Bräutigam für meine Mutter.

Im Autobus Nr. 11, auf einem großen Kissen vor dem schwarzen Lenkrad, saß Berl, der Busfahrer.

Berl trug eine große Brille, er hatte gütige Augen und ein liebevolles Lächeln. An Geburtstagen, an Feiertagen oder in den Ferien stimmten die Eltern zu, dass wir mit Berl, dem Fahrer, einen Ausflug machen durften – von der Haltestelle in unserem Viertel bis zur Endhaltestelle und zurück.

»Ohne aus dem Bus zu steigen!«, warnte Dorka Berl vor jeder der Fahrten, denn sie hatte Angst, wir könnten in der großen Stadt verlorengehen.

Begeistert setzten wir uns auf die Holzbänke, und damit wir von dem, was hinter den Fenstern an uns vorbeiflog, ja nichts verpassten, wischten wir mit den Händen den Staub von den Scheiben, drückten die Nasen an das kalte Glas und betrachteten die Welt da draußen. Von Berls Busfenster aus lernten wir die Straßen von Tel Aviv kennen.

Nachdem alle Fahrgäste an der Endhaltestelle vor dem Rathaus ausgestiegen waren, schloss Berl die Türen und ließ die Kinder unseres Viertels allein in dem leeren Bus.

»Nur ein paar Minuten«, entschuldigte er sich, »ich will nur eine Tasse Kaffee trinken.«

In dem geparkten Autobus spielten wir zwischen den Bänken und auf den Gängen Fangen und Verstecken, wir schnitten den Vorübergehenden Grimassen und prügelten uns um das Vorrecht, auf dem Fahrersitz sitzen zu dürfen.

Bei einer dieser Fahrten schaute ich nicht aus dem Fenster, ich tobte an der Endhaltestelle nicht herum und saß auch nicht auf dem Fahrersitz. Ich wartete gespannt darauf, wieder ins Viertel zu kommen. Nachdem alle ausgestiegen wären, wollte ich zu Berl gehen und ihm vorschlagen, meine Mutter zu heiraten.

»Das lohnt sich«, murmelte ich probeweise, »denn wenn ihr heiratet, ist meine Mutter keine Witwe mehr, und ich bin keine Waise.«

Aber als wir die Haltestelle in unserem Viertel erreichten, stieg ich als Erste aus dem Autobus.

Und dann schwor ich mir, bei der nächsten Fahrt bestimmt mit ihm zu sprechen.

»Wo ist Berl?«, fragte ich beim nächsten Mal überrascht.

Der neue Fahrer zuckte mit den Schultern. »Was weiß ich«, sagte er und lächelte. »Vielleicht ist er gestorben.« Erschrocken rannte ich zu Tante Itta von Theresienstadt.

»Berl ist tot!«, verkündete ich ihr, als sie die Tür öffnete.

»Berl ist nicht tot«, beruhigte mich Itta.

»Berl ist tot«, beharrte ich weinend.

Itta nahm mich zärtlich in den Arm und tröstete mich mit klarer Hühnerbrühe und Schokoladenkuchen und bunten Bonbons.

Berl war nicht tot. Itta erzählte mir Jahre später seine Geschichte. Berl, der Busfahrer, wohnte am Rand des Viertels, er hatte zwei Söhne, der ältere hieß Motti Mendel und der jüngere Josef Rafael, und seine Frau Susa war in eine Anstalt eingeliefert worden. Susa, nebbich, glaubte einfach nicht, dass jener Krieg vorbei war.

Als sich ihr Zustand verschlechterte, hörte Berl auf, als Busfahrer zu arbeiten, und wurde Taxifahrer.

Jeden Vormittag besuchte er seine kranke Frau, mittags und abends kümmerte er sich um die kleinen Kinder, und nachts fuhr er Taxi, um den Lebensunterhalt für die Familie zu verdienen.

Wie es ihre Art war, trank Itta während des Erzählens etwas Wasser und beendete die Geschichte mit einem Seufzer. »Was tut man nicht alles für seine Familie.«

Im Jom-Kippur-Krieg wurden Berl und seine Söhne eingezogen. Berl leistete seinen Reservistendienst als Busfahrer. Sein älterer Sohn, der Pilot, flog zum Sinai, der jüngere, ein Panzeroffizier, wurde auf die Golanhöhen abkommandiert.

Berl bat darum, den Autobus fahren zu dürfen, mit dem sein Sohn auf die Golanhöhen gebracht werden sollte. Der Offizier, dem er seine Bitte vortrug, klopfte ihm auf die Schulter und wünschte ihm eine gute Fahrt, und sie machten sich auf den Weg.

Am Abend nach Jom Kippur, in der Dunkelheit einer Kriegsnacht, überschlug sich der Bus auf einer unbefestigten Straße.

Josef Rafael war tot.

Die Stille der Nachmittagsstunden wurde vom Läuten des Telefons unterbrochen. Bezalel, der Teerer des Viertels, rief an, um sein Beileid auszudrücken, und bat bei dieser Gelegenheit darum, die Rechnung für das letzte Teeren des Dachs zu bezahlen. Eine Freundin Helenas, die ich nie getroffen hatte, rief an und fragte, was aus der Wohnung und dem Inventar werden würde, ihr Sohn sei dienstlich im Ausland gewesen und gerade zurückgekehrt, und eine höfliche junge Frau, die sich als Chagit vorstellte, wollte mit Helena sprechen. »Wir führen eine Umfrage zu Snacks durch«, erklärte sie und fragte: »Vielleicht wissen Sie, wann ich Frau Helena am besten erreichen könnte?«

Ich fuhr fort, die Wohnung auszuräumen und Sachen zusammenzupacken.

Ich holte eine alte Tasche aus dem Kleiderschrank und packte die Erbschaft hinein.

So fanden die Schätze meiner längst vergangenen Kindheit in der Tasche Platz. Ein Ring, dessen Stein, ein Aquamarin, schon vor meiner Geburt verlorengegangen war und von dem ich immer geglaubt hatte, dass ich ihn eines Tages finden und meiner Mutter als Überraschung mitbringen würde. Neben den Ring legte ich, in Zeitungspapier gewickelt, den angeschlagenen Porzellanbecher, der aus Polen stammte und aus dem meine Mutter jeden Morgen Kaffee getrunken hatte. Es folgten ein Gedichtband von Adam Mickiewicz auf Polnisch, den ich am Fußende ihres Bettes gefunden hatte, und mein alter Teddybär, dem ein Auge fehlte. Ich klopfte den Staub aus seinem Fell und hoffte insgeheim, dass auch meine Kinder mit dem Teddy spielen würden, den ich als Kind so geliebt hatte. In eine kleine Tüte steckte ich die brüchigen Fotos der Menschen, die vielleicht Verwandte waren, und Dokumente, und von den Regalen meines Zimmers räumte ich nacheinander Hefte, Schulbücher und alte Fotoalben.

Adam und Chajale kamen herein.

»Es ist so weit«, sagte Chajale aufgewühlt, »jetzt brauche ich einen Kaffee.«

Adam lief in den Zimmern herum. »Ihr habt eine schöne Wohnung«, sagte er, und seine Stimme erweckte Judale wieder zum Leben. »Es ist eine gute Wohnung für eine kleine Familie«, stellte er fest.

Dann erzählte er: »Wir waren erst bei der Metzgerei von Opa, dann sind wir zur Schule gegangen, zu Efraims Lebensmittelladen, zum Gemüseladen von Onkel Ruben, zur Krankenkassenambulanz, zur Post und zu Sajtschiks Friseursalon.«

Chajale nahm eine Zigarette aus der Schachtel.

»Überall hat sie die Menschen von früher gesucht«, sagte Adam, »aber die waren nicht mehr da, und dann hat sie mir den Autobus gezeigt, der euch zu einem Ausflug durch Tel Aviv gefahren hat, danach das Haus von Tante Zila und ganz am Schluss ihr eigenes Haus.« Aufgeregt fügte er hinzu: »Ich habe durch das Fenster geschaut und das Zimmer von ihr und Judale gesehen.«

Chajale sank in den alten Sessel, bat um einen Aschenbecher und zündete ihre Zigarette an.

»Ich habe solche Sehnsucht«, brach es aus ihr heraus.

Genau in diesem Moment bemerkte Adam das alte Spielzeug auf einem Regalbrett. »Darf ich damit spielen?«, fragte er höflich.

Ich holte die Spielsachen sofort herunter und legte sie auf den Fußboden. Einen Moment lang sah das Zimmer aus wie vor dreißig Jahren. Chajale und ich erklärten Adam begeistert, was das ist, ein Kreisel, und rekonstruierten die Regeln vom Fünf-Steine-Spiel. Aufgeregt öffneten wir die halb kaputte Monopoly-Schachtel und suchten in den Schubladen nach dem fehlenden Würfel von Mensch-ärgere-dich-nicht. Aber Adam war hingerissen von dem bunten Mikadospiel.

»Du kannst ruhig mit ihr Kaffee trinken«, teilte er seiner Mutter mit und setzte sich auf den Boden.

Als ich aus der Küche zurückkam, spielte Adam voller Begeisterung Mikado und verkündete laut seine Triumphe. Chajale blätterte in den alten Schulbüchern, in denen Nasser immer noch ägyptischer Staatspräsident war, der Staat Israel noch drei Millionen Einwohner hatte, Bar Kochba ein Held war und der Sechstagekrieg der Letzte der Kriege.

Zwischen den Blättern lagen die Goldpapierchen, die einmal Pralinen umschlossen hatten, und gepresste Blumen, die einmal Gänseblümchen, Sauerklee oder Mohn gewesen waren.

Chajale lächelte. »Wir hatten hier eine schöne Zeit«, sagte sie.

Sonia und Genia tauchten auf, festlich herausgeputzt. »Wir haben schon allen gesagt, dass sie gegangen ist«, verkündete mir Genia.

»Gleich kommen alle, die noch am Leben sind«, sagte Sonia.

Noch während sie sprachen, drang der Geruch von frischem Hefegebäck in die Wohnung, und ihm folgte langsam eine kleine, magere Frau.

»Das ist Frau Tuchmayer«, rief Sonia. »Sie und ihre *rogelach* kommen zu jeder Schiwa.«

»Damit du etwas Süßes in schweren Tagen hast«, sagte Frau Tuchmayer freundlich, wischte sich eine Träne ab und hielt mir ein Tablett voll warmer Gebäckstücke hin, die einen Duft von Hefe und Schokolade verströmten.

Chava Lifschitz trat ein und drückte mir einen in Zellophan gewickelten Rosenstrauß in die Hand.

Ich stellte die Blumen in eine Vase und dachte: Eine Feier zu ihrem Tod.

Chava riss mich aus meinen Gedanken und erzählte voller Stolz, sie habe jetzt einen eigenen Stand vor dem Friedhof, und wie immer fügte sie ein Lob Gottes hinzu: »Der Ewige in der Höhe kennt Erbarmen und Wohltätigkeit, er versagt mir nicht meinen Lebensunterhalt.«

Sonia unterbrach sie. »Wir wollen Gott nicht in die Schiwa mischen«, entschied sie, und mit lauter Stimme erklärte sie mir: »Er in der Höhe hat es nicht geschafft, uns ein gutes Leben zu bereiten.« Und dann fügte sie hinzu: »Und zuletzt hat er uns alle umgebracht.« Vor der errötenden Chava fing sie mit vorwurfsvoller Stimme an, die Namen der Toten aufzuzählen: »Dorka und Efraim, Zila und Ruben, Sajtschik und Leale, Poliwoda, Ida Zitrin … Und sogar die Kinder hat er uns genommen.« Genia bedeutete Sonia mit den Augen, sie solle sich beruhigen, aber Sonia ließ nicht locker. »Frag deinen Gott«, verlangte sie von Chava fast schreiend, »warum er dort oben Uri gebraucht hat, Dovele, Zvikale Schtigman und Ascher Lewinger!«

»Ascher ist nicht ganz gestorben«, flüsterte Genia.

»Ein junger Mann, der ab zwanzig in einer Anstalt sein muss, ist das ein Leben?«, fragte Sonia wütend.

In diesem Moment schleppte sich mit letzter Kraft die alte Soscha herein.

»Schaut doch, schaut, wer da kommt, vielleicht kippt sie einen Eimer Wasser über Sonia, damit sie sich beruhigt«, sagte Genia leise zu mir.

Nach Soscha wankte Tante Itta von Theresienstadt mit ihren geschwollenen Beinen ins Zimmer und stöhnte vor Schmerz. Ich ließ Genia stehen und beeilte mich, Itta ein Glas Wasser und eine Schmerztablette zu bringen.

»Ich musste unbedingt kommen«, sagte Itta, von Schmerzen gequält, »das hätte mir noch gefehlt, dass sie sagen, die beste Freundin deiner Mutter sei nicht zur Schiwa gekommen.«

»Itta ist wirklich eine gute Freundin«, sagte Sonia, als sie sah, dass Itta vor Schmerz und Erschöpfung dem Zusammenbruch nahe war.

Die anderen alten Frauen nickten bestätigend.

Auch Guta, die Frau des Rabbiners, kam mit ihrer Tochter Emuna. Sie setzten sich neben Chava, die vor Sonias Zorn geflohen war und sich allein in eine Zimmerecke zurückgezogen hatte.

Von dort hörte ich, wie die drei flüsternd Psalmen beteten.

Die Trauergäste haben die Herrschaft in der Wohnung übernommen, dachte ich, als ich mich umschaute.

Sonia ging in die Küche, um Kaffee und Tee zu kochen, Genia servierte kalte Getränke, und die *rogelach* von Frau Tuchmayer, die sie in eine Kristallschale gelegt hatte, fanden reißenden Absatz.

»Nicht wie früher, aber gut«, lobten alle.

Plötzlich breitete sich Stille im Zimmer aus. Wie alle anderen starrte ich Mischka, den Fotografen, an.

»Von all unseren Männern«, sagte Sonia in die Stille, »ist nur dieser Einzige geblieben.« Und dann erklärte sie mir: »Männer, die keine Frau haben, sterben sofort.«

»Er war immer Junggeselle«, flüsterte mir Genia zu.

Mischka stand verlegen in der Tür. Dann fasste er sich, kam zu mir und nahm aus einem alten Album, das er an die Brust gedrückt hatte, ein brüchiges Foto und hielt es mir hin.

»Hier auf dem Bild, das bist du«, sagte Mischka, »da im Kinderwagen, ich erinnere mich, als wäre es gestern gewesen, du warst damals noch kein Jahr alt.«

Ich betrachtete das unbekannte Bild und sah ein lächelndes Baby, in warme Sachen gepackt und mit einer riesigen Schleife auf den dunklen Locken.

Dann nahm Mischka mitten im Zimmer Platz. Die Anwesenden drängten sich um ihn, und er, wie in seinen Glanzzeiten, blätterte eine Seite des dicken Albums nach der anderen um und brachte auf einmal die Vergangenheit zurück.

Die Wohnung erfüllte der Geist anderer Tage. Die Klänge von Jiddisch und Polnisch kehrten zurück, die Menschen von damals trugen die Kleidung von damals, Witze, Küsse und abgelaufene Geheimnisse schwirrten durch die Räume, Gesichter und Namen von Toten, die schon verblasst waren, lebten für kurze Zeit wieder auf.

Während Mischka im Album blätterte, kamen vielen die Tränen, andere beglichen noch offene Rechnungen mit denen, die ihnen von den Seiten entgegenlächelten, aber in die andere Welt gegangen waren, bevor sie ihre Schulden bezahlt hatten. Manche verfluchten die Betrüger, die Wiedergutmachung genommen hatten und aus dem Leben verschwunden waren, und einige kramten auch Kränkungen hervor, die sie in ihren Herzen vergraben hatten und die jetzt, beim Anblick der stummen Fotos, wieder anfingen zu schmerzen.

Es wurde immer stiller. Nur Guta seufzte und sagte: »Es war einmal eine Familie.«

Mischka klappte das Album zu, und es war, als verschlösse er damit auch die Vergangenheit. Die Wohnung füllte sich wieder mit den Stimmen der Gäste. Alle unterhielten sich miteinander, sprachen über Rheumatismus und Vergesslichkeit, sie tauschten Rezepte für Medikamente aus und teilten den anderen mit, wie es ihren wohlgeratenen Kindern ging, wie hoch ihre Rente oder ihre Pension war und wie sie trotz allem das harte Leben ertrugen.

Obwohl es schon dunkel wurde, fiel es den Trauergästen schwer zu gehen.

Bevor sie einer nach dem anderen langsam verschwanden, sagte Genia: »Wenn man hier abends aus einem Haus Lachen und Plaudern hört, wenn man hier durch die Ritzen der Fensterläden den Duft von Kaffee und Kuchen auffängt, ist das ein Zeichen, dass wieder einer von uns gegangen ist.«

Ich schwieg.

»Du brauchst nicht traurig zu sein«, tröstete sie mich, »wenn jemand von uns geht, ist das ein Anlass zum Feiern, bei uns tut der Tod weniger weh als das Leben.«

Ende des sechsten Tages der Schiwa.

Der siebte Tag

Am letzten Tag der Schiwa, es war frühmorgens, kam die Nachhut.

Ein alter, magerer Mann stieg sehr langsam eine Stufe nach der anderen herauf. Seine Haare waren voll und silbern, er trug einen alten Anzug und eine bunte Krawatte. Ihm folgte eine junge Frau, schlank, mit hellen Haaren und schwarzen Augen.

»Papa, sei vorsichtig«, sagte sie, als er einen Moment das Treppengeländer losließ.

Als sie mich bemerkte, sagte Chemda Pschigurski: »Er wollte unbedingt kommen.« Sie wirkte verlegen und musterte mich neugierig.

Auch ich betrachtete sie genau. Seit 1973 hatte ich sie nicht mehr gesehen, seit sie das Land verlassen hatte. Sie trug ein weißes T-Shirt und Jeans, und um ihren Hals hing eine schwere Kamera.

»Es tut mir leid, dass wir jetzt erst kommen«, sagte sie. »Ich bin erst gestern aus Amerika angereist.«

Das Gesicht von Herrn Pschigurski war verschlossen.

Als sie ins Zimmer traten, erzählte Chemda, dass sie seit dem Jom-Kippur-Krieg in Amerika lebe und viermal im Jahr ihren Vater besuche.

»Bei diesen Besuchen«, sagte sie, »habe ich deine Mutter

in der Bücherei getroffen.« Dann fügte sie hinzu: »Es tut mir leid, dass sie am Schluss so leiden musste.«

»Eine intelligente Frau, eine sehr intelligente Frau«, sagte Herr Pschigurski, »und so gebildet.«

Chemda nahm die Kamera ab und suchte nach einer Stelle, wo sie sie sicher verstauen könnte.

Herr Pschigurski nutzte die Gelegenheit. »Weißt du, dass meine Chemdale eine berühmte Fotografin geworden ist? In den größten Museen Amerikas hängen Fotos von ihr, und sie hat in ihrem Haus in Boston einen ganzen Schrank voller Preise.«

Chemda errötete. »Papa, genug«, rügte sie ihn.

»Warum willst du das nicht erzählen?«, fuhr er sie an. »Du bist schon groß, du musst nicht mehr so bescheiden sein. Du hast auch nie etwas über deine Mutter erzählt, du hast niemandem gesagt, dass sie einen Doktor in Chemie hatte.« Er strahlte mich an. »Wir haben uns auf der Universität kennengelernt. Ich war, bevor ich die Leihbücherei hatte, Doktor der Philosophie und Esterke, ihre Mutter, die Schönste und Begabteste aller Studentinnen.« Seine Augen füllten sich mit Tränen, und er fügte hinzu: »Erst hier, nach dem Krieg, ist sie zerbrochen.«

Chemda warf ihm einen verlegenen Blick zu, und Herr Pschigurski verstummte.

Als sie sich gesetzt hatten, bemerkte Chemda die Alben, die ich vom Regal auf den Boden geräumt hatte.

»Darf ich?«, fragte sie und fing sofort an, in ihnen zu blättern.

Herr Pschigurski hingegen wandte sich den Bücherregalen zu, die an allen Wänden der Wohnung angebracht waren.

Ich bot ihnen, wie es bei einer Schiwa üblich ist, einen kleinen Imbiss an.

Chemda wollte nur kaltes Wasser, wegen ihrer Diät, und Herr Pschigurski bat um Tee, wegen seiner Gesundheit.

Als ich aus der Küche zurückkam, war Chemda in die alten Alben vertieft.

In einem entdeckte sie aufgeregt alte Bekannte aus der Kindheit: Fruma, die Kindergärtnerin, Pola, die Lehrerin, Carmela, die Schulkrankenschwester, und alle Klassenkameraden.

Auf einem Foto standen Chemda und ich nebeneinander. Ich verkleidet als polnische Krakowiak-Tänzerin und sie, wie Mischka, der Fotograf, in einem schwarzen Anzug und mit einem schwarzen Zylinder auf dem Kopf, der ihr Gesicht fast verdeckte. In den Armen hielt sie einen Schuhkarton, den ihr Vater mit schwarzer Farbe angemalt hatte. Vorn auf den Karton hatte er einen runden Spiegel geklebt, das sollte die Linse sein, und in geraden lateinischen Buchstaben stand darunter: Leica.

»Das war damals die allerbeste Kamera«, erklärte Chemda und strich zärtlich über das Foto.

»Wie er das alles allein hinbekommen hat«, sagte sie und betrachtete ihren Vater mit großer Zärtlichkeit.

Der alte Mann war vollkommen in ein Buch versunken, und Chemda blätterte weiter in den Alben.

Als sie eine Seite umblätterte, fiel mein Blick auf ein altes Foto.

»Mai 1964 – Jahresausflug, Ort: die Jerusalemer Berge«, hatte ich damals mit Bleistift daruntergeschrieben.

Auf dem Foto waren, wie in jedem Jahr, alle Kinder der

Klasse zu sehen, zusammengedrängt und lächelnd, und mitten unter ihnen Pola, die Lehrerin, Nimrod, unser Gruppenleiter, und Helena, meine Mutter, die uns bei allen Ausflügen begleitete.

Vor jenem Ausflug hatte ich mir geschworen, dass meine Mutter nicht mehr kontrollieren würde, ob ich genug getrunken und alle belegten Brote aufgegessen hätte. Diesmal, so hatte ich mir gelobt, würde sie Nimrod nicht zuflüstern, wie sie es immer tat, wenn sie ihre geschwollenen Füße quälten: »Bitte, Herr Gruppenleiter, gehen Sie etwas langsamer, meine Tochter hat Atembeschwerden.«

Diesmal hatte ich ihr gar nicht erst gesagt, dass die Klasse einen Ausflug plante.

»Warum ist deine Mutter nicht gekommen?«, fragte Pola erstaunt, als ich allein in den Bus stieg.

»Meine Mutter ist krank«, sagte ich nur.

Als wir in den Jerusalemer Bergen ankamen, sammelten sich die Kinder um Nimrod. Die Sicht war gut, die Luft klar und rein.

»Im Osten sieht man die judäischen Berge«, sagte er. »Im Westen kann man an schönen Tagen das Meer sehen.« Doch in diesem Moment zog ein Taxi unsere Aufmerksamkeit auf sich, das langsam den Berg heraufgefahren kam.

Das Taxi blieb stehen, und meine Mutter stieg aus.

Ich rieb mir erschrocken die Augen.

Sie kletterte zum Aussichtspunkt herauf, der Saum ihres geblümten Kleides flatterte im Wind, sodass sie gezwungen war, es festzuhalten, damit man nicht alles sah. In der einen Hand trug sie eine blaue Stofftasche mit Essen, in der anderen eine rote Plastikwasserflasche. Das bunte, durchsichtige Seidentuch, das sie um den Kopf gebunden hatte, wurde vom Wind weggerissen, und sie versuchte vergeblich, es wieder einzufangen.

»Es tut mir leid, dass ich mich verspätet habe«, sagte sie zur Lehrerin, während sie mit ihrem Kleid kämpfte, das vom Wind hochgeweht wurde. Die Kinder brachen in Gelächter aus.

Pola versuchte, die Situation zu retten, und hielt eine begeisterte Rede.

»Seht euch das an, was für eine Mutter!«, sagte sie zu den kichernden Kindern. »Obwohl sie krank ist, ist sie gekommen.«

Und ich, wie in einem Strudel, hörte Pola über Mutterliebe sprechen. Und je mehr sie meine Mutter pries, umso weniger wurde gelacht.

»Warum hat sie kommen müssen?«, flüsterte ich verzweifelt. Pola hielt einen Moment inne und warf mir einen wütenden Blick zu. »Wenn du groß bist, wirst du es verstehen«, sagte sie.

»Wie habe ich dich darum beneidet, dass deine Mutter jeden Ausflug mitgemacht hat«, sagte Chemda, als sie das Bild betrachtete, und blätterte weiter.

Ich saß neben ihr und versank in den Bildern. So wechselte ich ein zweites Mal vom Kindergarten in die Grundschule und von der Grundschule ins Gymnasium, ich machte wieder Ausflüge mit den Pfadfindern, ich feierte die verschiedenen Feste und wurde schließlich zum Militärdienst einberufen.

Aber diesmal verstand ich zum ersten Mal, dass Dorka

wirklich schöne Beine gehabt hatte und Mirjam Lewinger große blaue Augen, dass Efraim, der Lebensmittelhändler, aufreizend männlich ausgesehen hatte und Ruben in seinem gestreiften Anzug und mit der Baskenmütze elegant, und dass Zila, Mattis Mutter, die Figur eines Fotomodells gehabt hatte.

»Die Jahre, die vergangen sind, haben von den Menschen, die wir früher schon für halb tot gehalten haben, das Alter weggewischt«, sagte ich zu Chemda.

»Die Jahre, die vergangen sind, haben vieles weggewischt«, antwortete sie ruhig und deutete auf ein Klassenfoto, von dem uns Roni, Dovele, Uri, Ascher, Malkale und andere Freunde entgegenlächelten.

Chemda ließ kein Album aus, sie betrachtete interessiert auch die neuen Alben, neugierig auf meinen Mann und meine Kinder. Mit einem Lächeln bemerkte sie: »Sie sind blond.«

Und dann erzählte sie mir von ihren Kindern, ihrem Mann und ihrer großen Liebe zur Fotografie.

»Ich bin ohne Fotoalbum aufgewachsen«, erklärte sie, »mit einem einzigen Foto meines Großvaters und einem uralten Passbild meiner Mutter, ich hinterlasse meinen Kindern Dutzende von Alben, ich höre nicht auf zu fotografieren, ich bin besessen davon.«

Dann erzählte sie, dass sie ein Jahr lang in Krankenhäusern Sterbende fotografiert hatte, Liebespaare in einem Altersheim in Brooklyn und schwarze Frauen in Harlem.

»Mich hat sie auch fotografiert«, mischte sich Herr Pschigurski plötzlich in unser Gespräch und verlangte sichtlich stolz: »Erzähl ihr von dem Preis.«

»Ich habe eine Collage aus Fotos von alten Menschen gemacht«, sagte Chemda mit einem entschuldigenden Lächeln.

»Darauf sind alte Menschen aller Hautfarben zu sehen, alle möglichen Leute, und mein Vater steht mitten im Bild.«

Herr Pschigurski lächelte glücklich und wandte sich wieder dem Buch in seiner Hand zu.

Chemda wechselte das Thema. »Weißt du eigentlich, dass ich fast deine Schwester geworden wäre?«

Noch bevor ich reagieren konnte, erzählte sie, dass sie Pola, die Lehrerin, in der dritten oder vierten Klasse gebeten habe, sie möge doch versuchen, Helena mit ihrem Vater zu verheiraten.

»Ich habe es so sehr gehasst, Halbwaise zu sein«, sagte sie. »Aber nach ein paar Tagen kam Pola zu mir und sagte, deine Mutter sei eine seltsame Frau, eine Frau, die geschworen habe, ihr Leben lang Witwe zu bleiben. Stimmt das?«

»Es stimmt«, sagte ich und hatte nicht die Kraft, ihr das Ganze genau zu erklären.

»Bis heute«, sagte Chemda, »suche ich eine Frau für ihn.«

Herr Pschigurski, der ganz in sein Buch vertieft gewesen war, griff plötzlich nach seiner Tasche und seinem Stock und bat Chemda in entschiedenem Ton, ihn sofort zum Altersheim zurückzubringen, damit er das Mittagessen nicht verpasse und, Gott behüte, das Verteilen der Medikamente.

Bevor sie gingen, sagte er zu mir: »Von allen Frauen des Viertels hätte ich nur deine Mutter geheiratet. Eine intelligente Frau und so gebildet. Schade, dass sie so jung von uns gegangen ist.«

»Ein großer Held«, sagte Chemda mit einem Lächeln.

»Schon seit Jahren ist er bereit, jede Frau zu heiraten, die gestorben ist.« Ihre Stimme wurde traurig. »Sein ganzes Leben lang ist er meiner Mutter treu geblieben.« Sie wandte sich an ihn. »Vielleicht suchst du dir jetzt noch eine Frau?«

»Mit deiner Mutter, das war nicht einfach nur Liebe«, antwortete er, dann nahm er mich am Arm und fügte aufgewühlt hinzu: »Ihr werdet es nie verstehen, meine Esterke und ich waren den ganzen Krieg lang zusammen.«

Am ersten Tag des Gymnasiums kam der Mathematiklehrer in die Klasse. Ein großer, gut aussehender Mann mit warmen, gütigen Augen, einem herzlichen Lächeln und einem Hebräisch mit starkem polnischem Akzent. Am Anfang der Stunde las er aus dem Klassenbuch die Namen der Schüler vor. Als er meinen Familiennamen las, heftete er den Blick auf mich und las den Namen ein zweites Mal.

Dann fuhr er fort, mit schwacher Stimme die restlichen Namen zu lesen, bis er das Ende der Liste erreicht hatte.

Er klappte das Klassenbuch zu und sagte noch einmal meinen Namen. »Komm in der Pause zu mir«, sagte er und begann mit dem Unterricht.

Nach dem Klingeln wartete er an der Tür auf mich.

»Du bist die Tochter von Kube, du siehst ihm sehr ähnlich«, sagte er unvermittelt. »Ich muss ihn heute noch treffen. Unbedingt.« Er rang die Hände.

»Mein Vater ist tot«, sagte ich verlegen.

Die wenigen Schüler, die noch im Klassenzimmer waren, wurden still. Der Mathematiklehrer wurde blass und lehnte sich an die Wand.

»Also ist auch Kube tot«, sagte er und schloss die Augen.

»Den ganzen Krieg lang waren wir zusammen, den ganzen Krieg.«

Nach einigen Tagen bat er mich, meiner Mutter zu sagen, dass er sie treffen wolle, um ihr von Kube zu erzählen.

»Ich bin neugierig zu wissen, wen Kube sich zur Frau erwählt hat«, sagte er und berührte sanft meine Schulter.

Am Abend, als meine Mutter in der Küche Salat vorbereitete, ließ ich wie nebenbei fallen: »Mama, unser Mathematiklehrer war mit meinem Vater im Krieg.«

»Und wie heißt er, der Herr Mathematiklehrer?«, fragte sie, und die Gurke, die sie in der Hand hielt, fiel auf die Anrichte und rollte zu Boden.

»Meir Oldak«, antwortete ich.

Helena setzte sich auf einen Stuhl. »Er braucht mich nicht kennenzulernen«, sagte sie.

Nach einem kurzen Schweigen fügte sie beherrscht hinzu: »Jeder, den wir geliebt haben, ist tot.«

Mit dem Geschirrhandtuch wischte sie sich den Schweiß vom Gesicht, goss sich einen Tee ein und trank ihn, dazu aß sie einen Butterkeks und eine Beruhigungspille. Danach saß sie noch lange in sich gekehrt auf dem Stuhl in der Küche.

Am Ende unseres letzten Jahres im Gymnasium, bei unserer Abschlussfeier, rief mich Herr Oldak zu sich.

»Sei erfolgreich, im Militär und überhaupt«, wünschte er mir sanft und liebevoll, und als hielte er den Augenblick für günstig, fügte er hinzu: »Dein Vater war mit mir im Krieg.« Er wollte noch etwas sagen, aber seine Stimme versagte den Dienst. Sehr verlegen sagte ich, ich müsse zurück zur Feier.

Aber er hielt mich zurück und fragte noch: »Verstehst

du das? Wirklich den ganzen Krieg lang waren wir zusammen.«

In der ersten Woche meines Militärdienstes beim Nachal legte ich übertriebenen Heldenmut an den Tag und lief barfuß durch den Kibbuz, bis ich in einen rostigen Nagel trat. Ich wurde schnell zur Krankenbaracke gebracht.

»Ich heiße Gadi Elad«, sagte der freundliche Reservist, der dort als Sanitäter meinen blutenden Fuß behandelte.

Nachdem er mich nach meinem Namen gefragt hatte, lächelte er. »Du solltest deinen Namen hebraisieren. In unserem Land sollte jeder einen hebräischen Familiennamen haben. Das ist nicht meine Idee, sondern die von Ben Gurion, und ich habe seinen Rat befolgt.«

Während er meinen Fuß kunstvoll nähte und verband, erzählte er mir, dass er bald ins Ausland reisen würde, um dort sein Studium der Veterinärmedizin abzuschließen, danach wolle er zurückkommen und als Tierarzt im Kibbuz arbeiten.

»Wenn ich wiederkomme, werde ich dich suchen und nachschauen, ob ich dir auch nicht geschadet habe, schließlich bin ich ja nur Veterinär«, tröstete er mich und lächelte.

In den Tagen bis zu seiner Abreise waren wir zusammen beim Wachdienst, in der Küche und im Gemüsegarten.

Zwei Wochen nach Beginn des Jom-Kippur-Kriegs ließ mich die Offizierin kommen.

»Die Listen sind da«, sagte sie ohne weitere Erklärung. »Ich bitte dich, in deinem Wohnbezirk mit der Nachricht zu den Familien der Gefallenen zu gehen, du kennst die Leute doch bestimmt am besten.« Sie reichte mir das Blatt mit den Namen. Ich kannte sie alle, Dovele, Uri, Malkales Zvika und Gadi Elad, dessen Name ebenfalls auf der Liste stand.

Neben seinem Namen las ich die Bemerkung: Am Mittwoch auf den Golanhöhen im Kampf gefallen.

Ich wollte es nicht akzeptieren »Aber Gadi ist doch im Ausland!«, rief ich.

»Er ist direkt vom Flughafen zu seiner Einheit gefahren«, antwortete die Offizierin trocken.

Ich versuchte, den Auftrag abzuwehren. »Aber er ist nicht aus meinem Viertel, und ich kenne seine Familie nicht«, murmelte ich.

»Er ist ein Nachbar, er wohnt bei euch in der Gegend«, antwortete sie und las mir aus einem Notizbuch die Einzelheiten vor. »Schreib auf«, forderte sie. »Gadi Elad, in Klammern Oldak, Name des Vaters: Meir, Name der Mutter: Renia, Name der Schwester: Sarit.«

Ich legte das Blatt mit den Namen auf den Tisch und rannte aus dem Zimmer, mir war heiß, meine Augen brannten, mein Mund war trocken.

Draußen wehte ein herbstlicher Wind, eine frische Brise vom See Genezareth, von Weitem waren manchmal Schüsse zu hören, sonst war es still.

Mit der ersten Fahrgelegenheit fuhr ich von der Militärbasis nach Tel Aviv in unser Viertel.

Als ich die Wohnung betrat, stellte sich meine Mutter vor mich. »Malkale hat angerufen, ob du was von Zvika gehört hast«, sagte sie besorgt.

Ich schwieg.

»Frau Lewinger fragt, ob du etwas von ihrem Ascherke und von Uri weißt«, fuhr meine Mutter fort.

»Ich bin nicht der Generalstabschef«, schrie ich. »Woher soll ich es wissen!«

Meine Mutter ließ nicht locker. »Auch Dorka hat kein Wort von Dovele gehört. Vielleicht kannst du bei seiner Einheit anrufen und herausfinden, ob sie etwas wissen?«

»Sag allen, dass ich desertiert bin!«, schrie ich.

Sie verließ das Zimmer.

Kurz darauf kam sie mit einem Glas heißen Tee und Butterkeksen zurück. Sie stellte alles auf den Tisch und ging wieder hinaus, schweigend und mit düsterem Gesicht.

Ich schloss mich in meinem Zimmer ein, schloss die Fensterläden und stöpselte das Telefon aus.

In den Tagen danach hörte ich, wie sie zu jedem, der anrief, und zu jedem, der kam, sagte: »Sie ist krank, sie ist sogar vom Militär befreit worden.«

Nach einigen Tagen klopfte sie an meine Zimmertür.

»Meir Oldak, dein Mathematiklehrer, hat schon ein paarmal angerufen«, sagte sie. Ich machte die Tür auf. Sie fuhr fort: »Er hat gehört, dass du seinen Sohn beim Militär kennengelernt hast, und nun möchte er wissen, ob es stimmt, dass Gadi nach Israel zurückgekommen ist. Jemand hat seinen Sohn gesehen, wie er vom Flughafen direkt zu seiner Einheit gefahren ist. Meir fragt, ob ihr im Krieg zusammen gewesen seid.«

»Gadi ist gefallen«, sagte ich. Schweigen breitete sich aus.

Meine Mutter kam in mein Zimmer, setzte sich auf einen Stuhl und schaute mich mit feuchten Augen an.

»Auch ich war damals jung«, sagte sie, als wolle sie sich dafür entschuldigen, dass sie es trotz ihrer Erfahrung nicht geschafft hatte, mir den Krieg zu ersparen.

»Was hätte ich noch tun können?«, fragte sie sich selbst,

und zu mir sagte sie gequält: »Das ist dein Krieg. Was für ein Erbe! Was für ein Erbe!«

Wieder breitete sich Schweigen aus.

Sie trank einen Schluck Wasser und sagte dann: »Die Deutschen haben wir hier besiegt, nicht mit Kanonen, nicht mit Panzern und nicht mit Flugzeugen. Wir haben sie besiegt, indem wir Familien gegründet und Kinder auf die Welt gebracht haben. Und jetzt, da man uns unsere Kinder tötet, verlieren wir auch den Krieg von damals.«

Und da, in meinem Zimmer, sie auf dem Stuhl und ich auf dem Bett, hörte ich ihr zum ersten Mal in meinem Leben zu – und verstand.

Abschluss

Donnerstag, kurz vor Mittag

»Wir sind gekommen, um uns zu verabschieden«, verkündete Genia.

Sie trat ein und schaute sich neugierig um. Sonia, ihre Freundin, trug ein geblümtes Kleid in kräftigen Farben, das ihr Gesicht noch blasser und erschöpfter erscheinen ließ. Mit dem Ende der Schiwa schien sie um Jahre gealtert zu sein.

»Es war einmal eine Familie, hier war einmal eine große Familie«, brach es aus Genia heraus. »Und heute ist alles vorbei.« Ich betrachtete die beiden, die in den Zimmern herumgingen, als wären sie hier zu Hause, und erinnerte mich, dass sie nie zum Kreis der Freundinnen meiner Mutter gehört hatten.

»Wann habt ihr meine Mutter kennengelernt?«, fragte ich.

»Das ist lange her«, antwortete Genia.

»Kennt ihr sie von dort?«, fragte ich.

»Von hier«, antwortete sie.

»Wir waren zusammen bei den Beerdigungen, wir haben sie bei Gedenkfeiern getroffen«, mischte sich Sonia ein.

»Deine Mutter hat uns oft eingeladen, sie einmal zu besuchen«, erzählte Sonia. »Sie hat immer gesagt, dass wir gute Freundinnen sein könnten, denn wir waren gute Freundinnen von allen Toten.«

»Aber bis sie starb, ist es nicht zu einem Besuch gekommen«, seufzte Genia und fügte bedauernd hinzu: »Und jetzt, siehst du, ist es schon zu spät, jetzt sind wir gekommen, um uns zu verabschieden.«

Bevor sie hinausgingen, nahm Sonia meine Hand. »Weil du jetzt ganz und gar verwaist bist«, sagte sie und drückte fest meine Hand, »werden wir uns wahrscheinlich erst in der kommenden Welt wiedersehen.«

»*Tfu*, was redest du da!«, schimpfte Genia. Sie entschuldigte sich bei mir. »Das wird noch viele Jahre dauern.« Sie zog Sonia zur Tür und flüsterte mir im Vorbeigehen zu: »Abschiede fallen ihr schwer.«

»Die Schiwa war wirklich sehr gelungen, nur schade, dass Helena nicht dabei war«, rief mir Sonia über Genias Kopf hinweg zu.

Sie gingen. Ich schaute ihnen nach, und mein Herz flog ihnen zu. Plötzlich drehte sich Sonia um und fragte von der Treppe aus: »Wann hat sie Geburtstag?«

»Wieso?«, fragte ich erstaunt.

»Hier bringt man die Menschen nicht um, die schon gestorben sind«, antwortete sie.

»Hier bei uns«, ergänzte Genia die Worte ihrer Freundin, »lassen wir weder Gott noch den Deutschen den Sieg, bei uns bleibt jeder, den sie nehmen, am Leben.«

»Meine Mutter«, antwortete ich den beiden, »hat zweimal Geburtstag, am 8. Mai, als die Deutschen kaputtgingen, und am 21. August, als ich auf die Welt kam.«

»Ich verspreche dir«, sagte Sonia und legte die rechte Hand auf ihr Herz, »dass an ihren zwei Geburtstagen bei uns die ganze Nacht ein Seelenlicht brennen wird.«

Aus einem kleinen Haus am Rand des Viertels, gegenüber der Grundschule, drang Tag und Nacht lautes Geschrei auf Polnisch.

Ich kannte die Frauen, die dort wohnten, nicht, sie kamen nur selten auf die Straße, und ich verstand nicht, was das Geschrei bedeutete.

Wenn ich fragte, was sie da schrien, antwortete meine Mutter: »Unsinn.«

Die Schreie gingen üblicherweise unter im Lärm der spielenden Kinder, wurden übertönt von den lauten Rufen des Eisverkäufers und des Messer- und Scherenschleifers.

Einige der rätselhaften Worte, die immer wieder geschrien wurden, hatten sich in mein Gedächtnis eingemeißelt: Krematorium, Baracke, Lager, Aktion, Judenrat.

Ich war sechs Jahre alt und kam mit meiner Mutter vom ersten Elternabend in der Schule zurück. Auf der dunklen Straße waren, wie jeden Abend, das Gebell von Hunden zu hören, das Maunzen von Katzen und das Geschrei auf Polnisch.

Wir näherten uns dem Haus, aus dem die Schreie drangen. Die Tür stand weit offen. Wir standen auf der Schwelle und spähten hinein.

In einem kleinen Zimmer standen sich zwei Frauen gegenüber. Das Gesicht der größeren Frau war rot vor Zorn und ihre Stimme heiser vom Schreien. Sie trug ein geblümtes Kleid in grellen Farben. Die andere Frau war dünn und knochig. Ihr magerer Körper war von einem blauen Kittel bedeckt, und unter dem Netz auf ihrem Kopf waren Lockenwickler zu erkennen. Von der Wand hinter ihnen blätterte die Farbe ab, wie eine Kulisse im Theater war sie über und über mit Stickbildern bedeckt. Ein weißer, durchsichtiger Vorhang flatterte im Wind und gab den Blick auf ein Fenster frei, durch das man nur Finsternis sah.

Sie standen sich an einem kleinen Holztisch gegenüber und brüllten sich lauthals an. Als sie uns bemerkten, verstummten sie und starrten uns mit aufgerissenen Augen an.

Meine Mutter unterbrach die plötzliche Stille mit einem Monolog: »Was spielt das für eine Rolle, ob das Krematorium im Westen oder im Osten des Lagers stand – ganz Polen war ein einziges großes Krematorium! Und warum soll man sich streiten, ob die Aktion im Herbst oder im Frühjahr stattfand – als hätte es nur eine einzige Aktion gegeben! Und für wen ist es wichtig, ob in der Reihe vor der Gaskammer Pepa vor Fela oder Fela vor Pepa stand? Schließlich sind beide gestorben!«

Und sie sagte: »Wer von dort entkommen ist, muss weiterleben, auch wenn er tot ist. Es wird Zeit, dass ihr trotz allem hier in der Gegenwart lebt und daran zu glauben beginnt, dass es eine Zukunft gibt.«

Plötzlich wurde sie blass und verstummte. Als sie sich wieder gefasst hatte, wünschte sie den beiden alles Gute und eine geruhsame Nacht und entfernte sich mit raschen Schritten.

»Die beiden armen Frauen haben keine Zukunft«, hörte ich wieder die Stimme meiner Mutter.

»Warum haben sie keine Zukunft?«, fragte ich damals.

»Weil sie keine Tochter wie dich haben«, antwortete sie.

Im Licht der Straßenlaternen und des Mondes sah ich,

wie ihre Augen glänzten, sie schritt ganz aufrecht dahin, als würde sie schweben.

»Komm, lass uns nach Hause gehen«, sagte sie.

Zusammen gingen wir die Straße entlang, Mutter und Tochter, Hand in Hand.

Das nennt man Glück, dachte ich damals, als ich sechs Jahre alt war, und Freude erfüllte mich.

Ich schloss die Wohnung ab und stieg die Stufen hinunter. Eine Weile blieb ich vor dem Haus meiner Kindheit stehen, ich konnte mich kaum davon trennen.

Ich beugte mich hinunter zur Erde, die feucht war vom ersten Regen, und pflückte die Blumen, die im Garten wuchsen, zu einem Strauß.

Ich schaute auf. Von der anderen Straßenseite kam mein Mann auf mich zu, unsere beiden Kinder auf den Armen. Nun schloss ich auch das rostige Eisentor ab und ging zu ihnen.

Zusammen fuhren wir zum Friedhof.

Dort legte ich die Blumen auf das Stück Erde, das jetzt für immer und ewig ihr Zuhause sein würde.

»Ihre Mutter war schon bewusstlos, als sie hier eingeliefert wurde«, sagte der Arzt müde und fügte, während er eine knarrende Schublade öffnete und eine Krankenakte herausnahm, hinzu: »Ihr Zustand ist sehr ernst.« Dann fragte er nach ihrem Namen.

»Helena«, antwortete ich leise, und er notierte ihren Namen mit schwarzer Tinte.

»Wie alt ist die Patientin?«

»Ich weiß es nicht«, antwortete ich.

»Welche Krankheiten hatte sie in der Vergangenheit?«, fragte der Arzt.

»Für mich«, antwortete ich, »war sie immer gesund.«

»An was hat sie gelitten?«

»An Albträumen.«

»Versuchen Sie, sich zu erinnern, das ist wichtig für die Diagnose, sonst können wir sie nicht richtig behandeln«, bat der Arzt und versuchte es noch einmal: »Welche Krankheiten gab es in Ihrer Familie?«

»Alle starben gesund.«

Der Arzt runzelte die Stirn. »Vielleicht gibt es ja Verwandte, die man fragen könnte?«

»Ja«, antwortete ich, ohne zu zögern, »Sie könnten alle bei einer Séance fragen.«

Der Arzt warf mir einen nachdenklichen Blick zu, entschuldigte sich kurz, ging aus dem Zimmer und kam nach ein paar Minuten mit Nilli zurück.

»Darf ich vorstellen«, sagte er in einem sanfteren Ton, »das ist Nilli, die Sozialarbeiterin der Station.«

Nilli, eine energische Frau, machte sich sofort an die Arbeit.

»Es tut mir leid«, sagte sie tröstend. »Ich verstehe, dass Sie eine einzige Tochter sind, das ist hart, das ist sehr hart.« Sie bot mir Wasser in einem Plastikbecher an. »Trinken Sie, beruhigen Sie sich, und dann werden Sie sich wieder erinnern und können die Fragen des Arztes beantworten.«

»Ich habe nichts zu erinnern, und ich habe nichts zu vergessen«, antwortete ich. Sie schaute mich verwundert an.

»Meine Mutter hat nie irgendetwas erzählt«, erklärte ich.

»Ach so«, sagte Nilli und lächelte verlegen.

Sie warf dem Arzt einen Blick zu und sagte leise: »Herr Doktor, wir haben hier einen Fall der zweiten Generation.«

Ende der Tage der Schiwa.